# 어린 왕자

세계교양전집 35

# 어린 왕자

앙투안 드 생텍쥐페리 지음

이민정 옮김

올리버

앙투안 드 생텍쥐페리Antoine de Saint-Exupéry

# • 차례 •

레옹 베르트에게

　이 책을 어느 어른에게 바친 것에 대해 어린 독자들의 양해를 구하는 바다. 사실 그렇게 한 데는 나름의 이유가 있다. 우선 그 어른은 세상에 둘도 없는 내 친구다. 또 다른 이유를 들자면 그 어른은 어린이에 관한 책들을 비롯해 모든 걸 이해하는 사람이다. 세 번째 이유는 바로 그가 현재 프랑스에 기거하며 배고픔과 추위로 고통받고 있다는 사실이다. 그에겐 지금 격려가 절실하다. 이러한 이유를 들어도 부족하다면, 나는 이 책을 어린 그에게 바치고자 한다. 결국 어른들도 한때는 어린아이였으니까 말이다. 다만 이 사실을 기억하는 어른들이 몇 안 될 따름이다. 그러므로 나는 내 헌사를 아래와 같이 바로잡고자 한다.

어린 레옹 베르트에게

# 1

내가 여섯 살 때 한번은 원시림에 관한 이야기를 다룬 《자연에서 벌어지는 일들》이라는 책에서 멋들어진 그림을 본 적이 있다. 그건 바로 보아뱀이 어떤 동물 한 마리를 삼키는 순간을 그린 그림이었다. 그림을 옮겨 보자면 이런 식이다.

책에서는 이렇게 말하고 있었다. '보아뱀은 먹이를 씹지도 않고 삼켜 버린다. 그러고 나서 움직일 수 없게 된 보아뱀은 여섯 달을 내리 자면서 음식을 소화시킨다.'

나는 정글에서 벌어지는 온갖 신기한 일들에 대해 곰곰이 생각해 보았다. 그런 다음 색연필을 이리저리 움직여 내 첫 번째 작품을 탄생시켰다. 내가 그린 그림 1호였던 것이다. 그림은 이랬다.

나는 내 걸작을 어른들에게 보여주고는 그림이 무서운지 물었다.

하지만 그들은 이렇게 대답했다. "무섭냐고? 모자가 무서울리 없잖니?"

나는 모자를 그린 게 아니었다. 그건 삼킨 코끼리를 소화시키고 있는 보아뱀의 모습이었다. 하지만 어른들이 그림을 이해하지 못했기 때문에 나는 다른 모습을 그려 보았다. 그러니까 어른들이 분명히 볼 수 있도록 보아뱀의 뱃속을 그린 것이다. 어른들에겐 늘 뭔가를 설명해줘야 하는 법이다. 그리하여 내 그림 2호는 이런 모양새를 갖추게 되었다.

어른들은 이번엔 뱃속이든 겉모습이든 보아뱀은 그만 그리고 지리와 역사, 산수, 문법이나 열심히 공부해 두라고 말했다. 이 일을 계기로 여섯 살이었던 나는 아주 멋져 보였던 화가라는 직업을 포기하고 말았다. 그림 1호와 2호 모두 사람들의 호응을 이끌어내지 못했기에 나는 잔뜩 기가 죽어 있었다. 어른들은 뭐든 스스로 깨닫지 못하게 마련이어서 아이들은 귀찮지만 늘 그들에게 이러저러한 걸 알려줘야 한다.

그래서 내가 선택한 직업은 비행기 조종사였다. 나는 온 세상을 이리저리 누비고 다녔다. 지리적 지식은 비행기 조종사인 내게 아주 유용했다. 중국과 애리조나도 단번에 구분할 수 있었으니까. 한밤중에 길을 잃었을 때도 지리적 지식은 빛을 발한다.

이렇게 사는 동안 나는 저마다의 분야에 열심인, 실로 다양한 사람들을 수도 없이 만나 보았다. 나는 어른들과 더불어 지내며 아주 가까이서 그들을 지켜봤다. 하지만 그렇다고 해서 그들에 대한 인상이 더 나아진 건 아니었다.

나는 뭘 좀 아는 것 같아 보이는 어른과 마주칠 때마다 항상 지니고 다니던 내 그림 1호를 꺼내 보여 주며 그가 그림을 제대로 볼 줄 아는지 확인해 보곤 했다. 하지만 누가 됐든 어른들의 대답은 늘 같았다.

"그건 모자잖아."

그러고 나면 나는 그 사람에게 두 번 다시 보아뱀이나 원시림, 혹은 별들에 대해 이야기하지 않았다. 대신 그 사람의 수준에 맞춰 카드 게임과 골프, 정치, 넥타이를 소재로 대화를 이어갔다. 그러면 그는 그렇게나 세상 물정에 밝은 사람을 알게 되어 아주 기분이 좋은 듯했다.

# 2

마음을 터놓을 사람 하나 없이 홀로 살아온 나는 6년 전 사하라 사막에서 비행기 사고를 겪었다. 엔진 쪽에 이상이 발생했던 것이다. 정비공이나 승객이라곤 없이 혼자였기에 나는 오롯이 홀로 까다로운 비행기 수리에 매달렸다. 사실 나로선 그야말로 죽느냐 사느냐의 문제였다. 내겐 겨우 일주일을 버틸 정도의 물만 남아 있었기 때문이다.

사막에서 보낸 첫날밤, 나는 사람들이 모여 사는 곳에서 수천 마일 떨어진 모래사막에서 잠을 청했다. 당시의 나로 말할 것 같으면 배가 난파되어 뗏목에 의지해 바다를 떠다니는 선원만큼이나 외로운 신세였다. 그러니 동틀 무렵 자그마한 낯선 목소리를 듣고 잠에서 깼을 때 내가 얼마나 놀랐는지 짐작할 수 있을 것이다. 그 낯선 목소리는 이렇게 말했다.

"제발… 양 한 마리만 그려줘!"

"뭐라고 했니?"

"양 한 마리만 그려 달라고!"

너무 놀라 자리에서 벌떡 일어선 나는 눈을 세게 한 번 비비고 조심스레 주위를 둘러봤다. 그러자 작은 아이 하나가 눈에 들어왔다. 그 아이는 거기 서서 아주 심각한 표정으로 나를 바라보고 있었다. 이건 나중에 내가 그린 그 아이의 모습 중 제일 나은 것이다. 물론 매력적인 실제 모델에 비하면 내 그림은 아주 보잘것없지만 말이다.

　하지만 그림 실력이 뛰어나지 못한 건 내 탓이 아니다. 여섯 살 때 어른들이 화가가 되고 싶어 하던 내 꿈을 꺾은 이후로 나는 보아뱀의 겉모습과 뱃속 말고 다른 걸 그리는 법은 익히지 못했다.
　나는 갑자기 등장한 이 아이를 소스라치게 놀란 눈으로 뚫어

지게 바라보았다. 사람들이 사는 지역에서 수천 마일 떨어진 사막 한가운데 추락한 나로선 그럴 만도 했다. 그런데 이 작은 아이는 모래사막에서 길을 잃고 헤매는 것 같지도 않았고, 피로와 허기, 갈증, 혹은 두려움에 시달린 나머지 곧 쓰러질 것 같지도 않았다. 아무리 봐도 인가에서 수천 마일 떨어진 사막 한복판에서 길을 잃은 아이 같지 않았던 것이다. 마침내 입을 뗄 수 있게 되자 나는 아이에게 이렇게 말했다.

"그런데 말이다…. 여기서 뭐 하는 거니?"

아이는 아주 대단한 일이라도 되는 양 천천히 같은 말을 되풀이했다.

"제발… 양 한 마리만 그려줘…."


알 수 없는 일이 어쩔 수 없을 정도로 분명히 벌어질 땐 이를 감히 거역할 수 없는 법이다. 인가에서 수천 마일 떨어진데다 죽을지도 모를 만큼 위험한 상황에 처한 나로선 우스꽝스러운 행동인 것 같았지만, 나는 어쨌건 주머니에서 종이 한 장과 만년필을 꺼내 들었다. 그런데 막상 그러고 보니 내가 지리와 역사, 산수, 문법만 공부했었다는 사실이 떠올라 그 아이에게 (살짝 뾰로통하게) 그림을 그릴 줄 모른다고 이야기했다. 그러자 아이는 이렇게 대답했다.

"그건 상관없어. 그냥 양 한 마리만 그려줘…."

하지만 나는 양을 그려 본 적이 없었다. 그래서 난 내가 종종 그리곤 했던 두 가지 그림 중 하나를 아이에게 그려 주었다. 그건 바로 바깥쪽에서 본 보아뱀의 모습이었다. 다음 순간 나는 그 작은 아이의 말을 듣고 깜짝 놀라지 않을 수 없었다.

"아니, 아니라고. 아니란 말이야! 보아뱀 뱃속에 있는 코끼리는 싫어. 보아뱀은 정말 위험하고 코끼리는 너무 크고 무거워. 내가 사는 곳은 아주 작다고. 그래서 난 양이 필요해. 양을 그려줘."

그래서 나는 이렇게 양을 그렸다.

아이는 그림을 자세히 들여다보고는 말했다.

"아니야. 이 양은 아주 아파 보여. 다른 양을 그려줘."

결국 나는 다른 양을 그려 보았다.

내 작은 친구는 부드럽고 기분 좋은 미소를 짓고는 이렇게 말했다.

"잘 보라고. 이 양이 아니지. 이건 그냥 숫양이야. 뿔이 있잖아."

나는 하는 수 없이 한 번 더 양을 그렸다.

하지만 다른 그림들과 마찬가지로 아이는 이번에도 아니라고했다.

"이 양은 나이가 너무 많아. 난 오래오래 살 양을 갖고 싶단말이야."

이쯤에서 내 인내심은 바닥이 나고 말았다. 어서 빨리 엔진을뜯어내 봐야 했기 때문이다. 그래서 나는 대충 이렇게 그린 그림을 아이에게 던지듯 내주었다.

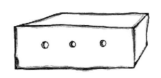

그러고는 이렇게 덧붙였다.

"이 상자엔 양이 살고 있어. 네가 원한 양이 바로 그 안에 있다고."

그 순간 따지기 좋아하는 이 어린 친구의 얼굴이 더없이 환해졌고, 그 모습을 본 나는 깜짝 놀라고 말았다.

"내가 원한 게 바로 이거야! 이 양이 풀을 엄청 많이 먹어 치울 것 같아?"

"그건 왜 묻지?"

"내가 사는 곳에선 뭐든 아주 작아서 그래…"

"풀은 충분할 거야." 내가 말했다. "네게 그려 준 양은 아주 작거든."

그러자 아이는 그림을 내려다보며 말했다.

"그다지 작지 않은걸… 이것 좀 봐! 잠이 들었네…"

나는 이렇게 어린 왕자와 처음 만났다.

# 3

아이가 어디에서 온 건지 알기까진 꽤 오랜 시간이 걸렸다. 그토록 질문을 쏟아낸 어린 왕자는 정작 내 물음에는 귀 기울이는 것 같지 않았다. 나는 그저 그가 조금씩 흘리듯 내뱉는 말을 듣고 모든 걸 알게 되었다.

예를 들어 그는 맨 처음 내 비행기를 보고는 (굳이 당시의 내 비행기를 그리진 않겠다. 비행기를 그리기란 너무 어려우니까.) 이렇게 물었다.

"이게 뭐야?"

"그건 이거라는 물건이 아니란다. 날아다니는 비행기지. 내 비행기야."

나는 아이에게 내가 날 수 있다고 알려주며 내심 뿌듯했다.

그러자 그는 이렇게 외쳤다.

"뭐라고! 하늘에서 떨어진 거란 말이야?"

"그래, 그렇단다." 나는 별일 아니라는 듯 대답했다.

"와! 그것참 재미있네!"

어린 왕자가 기분 좋게 웃음을 터트리자 나는 별안간 짜증이 치밀어 올랐다. 내게 닥친 이 힘든 상황을 그 아이도 진지하게 받아들이길 바란 것이다.

그러고 나서 아이는 이렇게 덧붙였다.

"그러니까 아저씨도 하늘에서 온 거구나! 그럼 아저씨 별은 어디야?"

그 순간 나는 베일에 싸여 있던 그 아이의 정체를 밝혀낼 한 줄기 희망의 빛을 보았다. 나는 대뜸 이렇게 물었다.

"그럼 넌 다른 별에서 온 거니?"

하지만 아이는 대답이 없었다. 그는 그저 가만히 고개를 끄덕이며 내 비행기를 쳐다보기만 했다.

"저 비행기로는 그렇게 멀리서 오지 못했을 것 같긴 해…."

아이는 그렇게 한참을 생각에 잠긴 듯했다. 그러더니 주머니에 넣어뒀던 양 그림을 꺼내 들고는 소중한 보물이라도 되는 양 눈을 떼지 못하고 쳐다보았다.

이만하면 밝혀내려다 만 '다른 별'에 관한 사연이 얼마나 내 호기심을 동하게 했는지 짐작할 수 있을 것이다. 그래서 난 이 문제를 좀 더 파헤쳐 보고자 무던히도 애썼다.

"이봐, 꼬마야. 넌 대체 어디서 온 거니? 아까 얘기한 '내가 사는 곳'이란 건 어디를 말하는 거니? 양을 데리고 어디로 갈 거야?"

아이는 가만히 생각에 잠기는 듯하더니 이렇게 대답했다.

"아저씨가 준 상자는 밤이 오면 양이 집으로 쓸 수 있어서 참 좋은 것 같아."

"그렇지. 거기다 네가 착하게 굴면 낮엔 양을 묶어둘 수 있게 끈을 그려 줄게. 끈을 감을 기둥도 같이 말이야."

하지만 어린 왕자는 이런 내 제안을 듣고 충격을 받은 듯했다.

"묶어둔다고? 그건 너무 이상하잖아!"

"양을 묶어두지 않으면 말이야, 양이 이리저리 돌아다니다가 길을 잃게 될지도 몰라."

그러자 내 작은 친구는 다시 한번 웃음을 터뜨렸다.

"하지만 양이 어딜 갈 것 같아?"

"어디로든. 곧장 앞으로 갈 수도 있지."

어린 왕자는 짐짓 진지한 어투로 말했다.

"그건 괜찮아. 내가 사는 곳에선 모든 게 다 아주 작거든!"

그러고는 조금 슬픈 듯 이렇게 덧붙이는 것이었다.

"그러니까 앞으로 걸어간다 해도 그렇게 멀리는 못 가…."

# 4

그리하여 나는 매우 중요한 두 번째 사실을 알게 되었다. 그러니까 어린 왕자는 집 한 채만 한 크기도 될까 말까 한 별에서 왔다는 거였다!

하지만 그건 그리 놀랄만한 일이 아니었다. 지구와 목성, 화성, 금성처럼 커다란 별들 말고도 수백 개의 다른 별들이 존재하며, 그중에는 망원경으로 분간할 수 없을 만큼 아주 작은 별들도 있다는 사실을 나는 이미 잘 알고 있었기 때문이다. 이렇게 작은 별 하나를 발견한 천문학자는 숫자로만 이루어진 이름을 그 별에 붙여준다. 그러니까 예를 들어 '소행성 325'라는 식이다.

어린 왕자가 사는 별이 B-612라는 소행성이라고 생각하는 데는 그럴만한 이유가 있다.

이 소행성은 딱 한 번 망원경에 잡힌 적이 있다. 바로 1909년, 터키 출신의 어느 천문학자가 이 소행성을 발견한 것이다.

그 천문학자는 국제 천문학회에서 자신이 발견한 소행성을 소개하며 아주 자세히 설명했다. 하지만 그의 터키식 복장 때문에 사람들은 그의 말을 신뢰하려 들지 않았다.

　어른들이란 그런 식이다….

　그러나 소행성 B-612는 결국 세상에 알려지게 된다. 터키의 어느 독재자가 모든 국민은 복장을 유럽식으로 바꿔야 하며 이를 어길 시 죽임을 당할 거라고 엄포를 놓았던 것이다. 이에 1920년, 천문학자는 멋지고 우아한 유럽식 옷을 갖춰 입고 그 소행성을 다시 한번 자세히 소개했다. 그러자 이번에는 모두가 그의 말을 믿어 주었다.

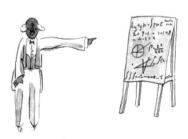

　만일 내가 소행성에 대해 이렇게 자세한 이야기를 늘어놓으

며 그 번호까지 써서 보여 준다면 그건 전부 어른들과 그들이 세상을 바라보는 방식 때문이다. 가령 어른들에게 새 친구가 생겼다고 말하면 그들은 제일 중요한 점에 관해선 묻는 법이 없다. 그러니까 어른들이 이런 질문을 할 리 없다는 말이다. "그 아이의 목소리는 어떠니? 그 아이는 어떤 게임을 제일 좋아해? 그 아이가 나비를 수집하던?" 대신 그들은 다짜고짜 이런 질문을 던지고 본다. "걘 몇 살이야? 형제는 몇이니? 몸무게는 얼마라든? 그 집 아버지 수입은 어느 정도니?" 어른들은 이런 숫자를 듣고서야 그 친구를 파악했다고 여기는 것이다.

어른들에게 이렇게 말했다고 치자. "아름다운 붉은 벽돌집을 봤어. 창가엔 제라늄 화분이 놓여 있고 비둘기들이 지붕에 앉아 있었지." 그러면 어른들은 그게 어떤 집인지 전혀 감을 잡지 못한다. 어른들에겐 이렇게 말해줘야 한다. "2만 달러짜리 집이었어." 그제야 그들은 이런 반응을 보일 것이다. "와, 정말 멋들어진 집이구나!"

마찬가지로 어른들에게 이렇게 말했다고 해보자. "어린 왕자가 존재한다는 증거를 들자면 그건 바로 그 아이가 정말 매력적인데다 잘 웃고 양을 구하고 다녔단 거야. 누구든 양을 그려달라고 한다면 바로 그게 그가 존재한다는 증거지." 어른들에게 이렇게 말한들 무슨 소용이겠는가? 그들은 그저 어깨를 한 번 으쓱해 보이고는 당신을 어린아이 취급하고 말 테니까. 하지만 어른들에게 이렇게 말한다면 이야기는 달라진다. "어린 왕자는 소행성 B-612라는 별에서 왔대." 그러면 그들은 제대로 알아듣고 질문을 퍼부어 대지 않을 것이다.

어른들이란 그런 법이다. 그러니 서운하게 여길 필요도 없다. 아이들은 늘 어른들에게 너그러움을 보여줘야 하니까 말이다.

그래도 인생을 이해하는 우리는 숫자에 무심하게 마련이다. 어린 왕자에 관한 이야기도 옛날이야기처럼 이렇게 시작하는 편이 더 나았을지 모른다. "옛날 옛적에 어린 왕자가 살았지. 그는 자기보다 클 듯 말 듯한 별에 살았고 양이 필요했어…."

인생을 제대로 이해하는 사람들에겐 이런 내 이야기가 훨씬 더 그럴싸하게 들릴 것이다.

사람들이 내 책을 가볍게 읽고 넘기지 않았으면 한다. 이 기억들을 품고 있는 동안 너무 슬펐기 때문이다. 내 작은 친구가 양을 데리고 떠난 후 벌써 6년이란 시간이 지났다. 내가 굳이 그에 대해 설명하려 한다면 그건 그 아이를 잊지 않기 위해서일 것이다. 친구를 잊는다는 건 가슴 아픈 일이다. 누구에게나 친구가 생기는 건 아니니까 말이다. 게다가 내가 그를 잊고 만다면, 나 역시 오로지 숫자에만 관심을 기울이는 어른들과 같은 사람이 되는 셈이니까….

다시 말하지만 물감과 연필을 산 것도 이 때문이다. 내 나이가 되어 다시금 그림 그리기를 시도하기란 힘든 일이다. 여섯 살

이후로 보아뱀의 바깥 모습과 뱃속 말고 다른 걸 그려 본 적이 없는 경우라면 특히나 더 그렇다. 물론 나는 가능한 실제와 가깝게 어린 왕자의 모습을 그리고자 한다. 제대로 될진 전혀 모르겠지만 말이다. 괜찮은 그림이 탄생한 것 같았다가 또 어떨 때는 그 모델과 그림이 아예 다르게 보일 때도 있다. 어린 왕자의 키를 잘못 표현하기도 해서 너무 크거나 작아지기도 한다. 게다가 그가 입었던 옷 색깔조차 헷갈릴 때도 있다. 이런 까닭에 나는 최대한 기억을 더듬어 갈팡질팡하더라도 결국엔 그럭저럭 그와 비슷한 모습의 그림이 탄생하길 바랄 따름이다.

사소하긴 하지만 훨씬 더 중요한 부분들을 잘못 표현할 가능성 역시 다분하다. 하지만 설령 그렇다 해도 그건 내 잘못이라 할 수 없을 것이다. 왜냐하면 내 작은 친구는 단 한 번도 뭔가를 설명해 준 적이 없기 때문이다. 그건 아마 그가 나 역시 자신과 같을 거라 생각해서인지도 모른다. 아, 그런데 나는 상자 안에 든 양을 꿰뚫어 보지 못한다. 나도 어느 정도는 평범한 어른들과 같아서일 수도 있겠다. 나이를 먹은 것이다.

# 5

어린 왕자와 이야기를 나누며 매일을 지내다 보니 그의 별에 대해, 그리고 그 별을 떠나온 일, 그의 여정에 대해 알게 되었다. 어린 왕자가 생각이 날 때마다 이야기를 터놓다 보니 그에 대해 알아가는 과정은 아주 천천히 이루어졌다. 처리하기 곤란한 바오바브나무에 대해 듣게 된 것도 그와 보내게 된 셋째 날 같은 방식을 통해서였다.

이번에도 양이 이야기의 발단이 되었다. 어린 왕자는 엄청나게 궁금한 게 있다는 듯 별안간 이렇게 물어왔다. "그거 정말이야? 양이 작은 나무들을 먹어 치운다는 거 말이야."

"맞아, 정말 그래."

"아, 그렇구나! 다행이네!"

양이 작은 나무들을 먹는 문제가 왜 그다지도 중요한 건지 당시로선 알 수 없었다. 하지만 곧 어린 왕자가 이렇게 덧붙였다.

"그럼 바오바브나무도 먹을 수 있겠네?"

나는 바오바브나무가 작은 나무가 아니며, 오히려 성만큼이나 커서 코끼리 떼를 데려다 놓는다고 해도 바오바브나무 한 그루도 먹어 치우기 힘들 거라고 어린 왕자에게 일러줬다.

코끼리 떼를 떠올린 어린 왕자는 웃음을 터뜨렸다.

"그럼 한 마리 위에 또 한 마리를 올려둬야겠네."

하지만 그는 꽤나 지혜롭게 들리는 말도 뒤이어 내뱉었다.

"그런데 바오바브나무도 그렇게 커지기 전엔 아주 작았을 거 잖아."

"그래, 당연하지." 내가 말을 이었다. "왜 양이 바오바브나무를 먹어줬으면 하는 거니?"

그러자 그는 대번에 이렇게 말하는 거였다. "아, 정말, 왜 그런 것까지 묻는 거야!" 마치 다 알고 있는 사실을 말하고 있었다는 투로 말이다. 자연히 나는 그 어떤 도움도 받지 못한 채 이 난관을 해결하기 위해 부지런히 머리를 굴려야 했다.

알고 보니 어린 왕자가 사는 별에도 다른 별들과 마찬가지로 좋은 식물과 나쁜 식물이 있었다. 자연히 좋은 식물은 좋은 씨앗을 품고, 나쁜 식물은 나쁜 씨앗을 품었다. 하지만 씨앗은 눈에 보이지 않는 법이다. 씨앗은 어두운 땅속에 잠들어 있다가 어느 날 깨어나고 싶다는 마음이 일게 된다. 그러면 이 작은 씨앗이 기지개를 켜고 일어나 태양을 향해 예쁘고 작은 가지를 살며시 내민다. 물론 처음에는 이런 움직임도 아주 소극적이다. 만일 그것이 무 싹이나 장미 나무의 잔가지라면 그대로 자라게 놔둬도 좋을 것이다. 하지만 그 싹이 나쁜 식물의 것이라면 그걸 포착한 바로 그 순간 한시라도 빨리 뽑아내 버려야 한다.

어린 왕자의 고향별에는 끔찍한 씨앗들이 자라고 있었다. 바로 바오바브나무의 씨앗들이 그것이다. 그 씨앗들은 별의 흙 속에 가득했다. 모름지기 바오바브나무란 제때 주의를 기울이지 않으면 결코 뽑아낼 수 없는 법이다. 순식간에 별 전체를 장악

해 버릴 테니 말이다. 그 뿌리는 별을 관통할 정도다. 만일 아주 작은 별이라면 수없이 많이 불어난 바오바브나무가 별을 조각내 버릴 수도 있다.

"그건 규칙의 문제라고." 나중에 어린 왕자는 이렇게 말했다. "아침에 일어나 몸단장을 마치고 나면 우리가 사는 별도 똑같이 정돈해 줘야 해. 아주 주의 깊게 말이지. 장미나무랑 구분해서 바오바브나무를 알아볼 수 있게 되면 바로 그때부터 규칙적으로 바오바브나무를 뽑아줘야 한다고. 아주 작을 땐 두 나무가 아주 비슷해. 꽤 따분한 일이긴 하지." 그러더니 어린 왕자는 이렇게 덧붙였다. "하지만 정말 쉬운 일이기도 해."

그러다 하루는 그가 이렇게 말했다. "아저씨가 사는 곳에 있는 아이들이 이걸 전부 제대로 볼 수 있게 멋진 그림을 하나 그려 주면 좋겠어. 언젠가 그 아이들이 여행하게 된다면 그 그림을 아주 잘 활용하게 될 거야." 그러고는 이렇게 덧붙이는 거였다. "하던 일을 다음 날로 미룬다고 해서 크게 해가 될 건 없어. 하지만 그게 바오바브나무에 관한 문제라면 상황은 늘 곤란해지게 마련이야. 언젠가 게으른 사람이 사는 별을 알게 되었어. 그 사람은 작은 바오바브나무 세 그루를 그냥 내버려 뒀지…."

그리하여 나는 어린 왕자의 설명을 듣고 게으른 자가 사는 그 별을 그리게 되었다. 사실 나는 도덕주의자처럼 행세하는 걸 즐기지 않는 사람이다. 하지만 바오바브나무가 얼마나 위험한지 알려진 바가 거의 없어 소행성에서 길을 잃게 된 사람이 언제든 위험에 처할 수 있기 때문에 이번만큼은 목소리를 내보고자 한다. "어린이들은 바오바브나무를 조심하도록 해!"라고 말이다.

내 주변 친구들 역시 내가 그랬던 것처럼 바오바브나무의 위험성을 알아차리지 못했기에 제대로 짚고 넘어간 적이 없다. 바로 이 때문에 내가 그토록 공을 들여 이 그림을 완성해 낸 것이다. 따라서 이 그림을 통해 전달하고자 하는 교훈은 내가 고군분투한 만큼이나 가치가 있다.

아마 당신은 이런 질문을 던질 수도 있겠다. "어째서 이 책엔 바오바브나무를 그린 이 그림만큼 멋지고 인상 깊은 그림이 없는 거야?"

　대답은 아주 간단하다. 나 역시 노력을 기울이지 않은 건 아니다. 하지만 다른 그림들은 생각만큼 완성도가 높지 않았다. 바오바브나무를 그릴 땐 그 위험성을 알려야겠다는 간절한 필요성을 느꼈기에 평소 이상의 그림 실력을 발휘했던 것 같다.

# 6




아, 어린 왕자여! 난 너의 작고 슬픈 삶이 지닌 비밀에 대해 그렇게 조금씩 알아갔지…. 오랫동안 네 유일한 즐거움은 조용히 저녁노을을 바라보는 거였어. 너와 함께한 네 번째 날 난 너의 그런 점까지 처음으로 알게 되었지. 그때 넌 내게 이렇게 말했단다.

"난 저녁노을이 정말 좋아. 자, 이제 나랑 같이 노을 보러 가자."

"그건 좀 기다려야 될 것 같구나." 내가 이렇게 말했다.

"기다린다고? 왜 그래야 해?"

"저녁노을 말이야. 노을이 지는 시간이 될 때까지 기다려야 하잖니."

처음에 넌 꽤 많이 놀란 것 같더구나. 그러고는 곧장 웃음을 터뜨렸지. 넌 이렇게 말했어.

"난 늘 내 별에 있다고 생각하는 것 같아!"

그랬다. 사실 누구나 아는 것처럼 미국이 정오일 때 프랑스에선 해가 진다.

단번에 프랑스로 날아갈 수 있다면 한낮에서 바로 노을 질 무렵으로 이동할 수 있는 것이다.

하지만 안타깝게도 그러기엔 프랑스가 너무 멀리 떨어져 있다. 그런데 어린 왕자 너의 별에선 앉아 있던 의자를 조금만 옆으로 움직이면 된다지. 그러면 언제든 내킬 때 하루가 저물어 갈 무렵의 석양을 볼 수 있고 말이야….

"한 번은 말이지, 저녁노을을 마흔네 번이나 봤다고!"

그러고 나서 넌 이렇게 말했어.

"있잖아…. 누구든 아주 슬퍼지면 노을이 좋아지는 법이잖아…."

그래서 난 그에게 대뜸 이렇게 물어보았다. "그럼 넌 그때 그만큼이나 많이 슬펐던 거니? 마흔네 번이나 노을을 본 날에 말이야."

어린 왕자는 대답이 없었다.

# 7

　늘 그렇듯 다섯째 날에도 어린 왕자의 삶에 관한 비밀이 한 꺼풀 더 벗겨졌다. 그건 순전히 양 덕분이었다. 그는 그 문제에 대해 오래도록 잠자코 생각해 왔다는 듯 뜬금없이 갑자기 질문을 던졌다.

　"양 말이야, 양이 작은 나무들을 먹어 치운다면, 그럼 꽃도 먹어버릴까?"

　그의 물음에 나는 이렇게 대답했다. "양들은 눈앞에 있는 건 뭐든 먹어 치운단다."

　"가시가 있는 꽃들까지 죄다 말이야?"

　"그렇단다. 가시 있는 꽃도 먹지."

　"그렇담 가시는… 가시는 무슨 소용이야?"

　사실 가시의 용도에 대해선 나 역시 알지 못했다. 게다가 당시엔 엔진에 박힌 나사를 풀어내느라 아주 분주했다. 당시 난 몹시도 걱정이 되었다. 분명 비행기가 아주 심하게 고장 난 것 같았기 때문이다. 게다가 마실 물까지 거의 바닥을 드러낸 탓에 최악의 사태가 벌어질까 두렵기도 했다.

"가시 말이야, 그럼 가시는 어디다 쓰는 거야?"

어린 왕자는 한 번 질문을 시작하면 멈추는 법이 없었다. 그때 난 나사 때문에 기분이 좋지 않았기에 그저 생각나는 대로 아무 말이나 내뱉고 말았다.

"가시 따윈 아무 소용이 없단다. 꽃들은 그냥 가시로 잔뜩 심술을 부리는 거야!"

"아!"

별안간 쥐 죽은 듯한 정적이 찾아들었다. 그러다 어느 순간 어린 왕자는 원망스럽다는 듯 대뜸 이렇게 쏘아붙였다.

"아니, 믿을 수 없어! 꽃은 연약한 존재잖아. 꽃들은 순수하다고. 그들도 최대한 안심하고 싶은 거야. 자기들이 가진 가시가 끔찍한 무기란 것도 알고 말이야…."

나는 그런 그의 말에 굳이 대꾸하지 않았다. 그 순간 나는 스스로 이렇게 되뇌던 중이었다. "이 나사가 끝내 풀리지 않으면 망치로 깨버려야겠어." 그때 어린 왕자가 다시금 내 생각의 흐름을 가로막고 나섰다.

"그러니까 아저씬 꽃들이 정말 심술궂다고 여기는 거고…."

"아, 아냐!" 나는 얼른 외치듯 말했다. "아니, 아니라고. 그런 게 아니란다. 그렇다고 여기지 않아. 그냥 생각나는 대로 아무렇게나 얘기했을 뿐이야. 이것 좀 보렴, 얘야… 난 지금 중요한 일 때문에 정말 바쁠 따름이라고!"

그는 대단히 충격적이라는 듯 나를 응시했다.

"중요한 일이라니!"

그는 그렇게 거기 서서 나를 빤히 쳐다보고 있었다. 시커멓게 기름때가 묻은 손으로 망치를 부여잡고 흉측하게 보일 법한 물체 위로 몸을 구부린 나를….

"아저씨도 다른 어른들처럼 이야기하는구나!"

그런 그의 말에 나는 조금 부끄러워졌다. 하지만 그는 물러서지 않고 말을 이었다.

"아저씬 뭘 잘 모르는 것 같아…. 계속 갈팡질팡하잖아…."

어린 왕자는 단단히 화가 나고 말았다. 그는 산들바람을 맞으며 금빛 곱슬머리를 쓸어 넘겼다.

"빨간 얼굴의 어느 신사가 사는 별을 알아. 그는 꽃향기를 맡아본 적이 없대. 별도 본 적이 없고 말이야. 누구를 사랑해 본 적도 없는 건 물론이고. 글쎄 덧셈 말고 다른 일은 평생 해본 적이 없다더라. 그는 종일 아저씨와 같은 말을 되풀이하지. '난 중요한 일을 하느라 바쁘다고!' 이렇게 말이야. 그는 그렇게 말하는 걸 아주 자랑스러워해. 하지만 그는 사람이 아닌 걸 뭐. 버섯일 뿐이지!"

"그 사람이 뭐라고?"

"버섯!"

어린 왕자는 이제 너무 화가 난 나머지 얼굴이 하얗게 질릴 지경이었다.

"꽃들은 수백만 년 동안 가시를 키워왔어. 마찬가지로 양들은 수백만 년 동안 꽃을 먹어왔고 말이야. 그렇담 소용되지도 않을 가시를 키워내느라 꽃들이 그토록 애쓰는 이유를 알아보는 거야말로 중요한 일이 아닐까? 양과 꽃들 사이에 벌어지는 전투와 같은 일상이 과연 중요하지 않을까? 얼굴이 빨간 뚱보 신사의 덧셈보단 그런 게 더 중요하지 않아? 세상에 둘도 없는 꽃이 다른 곳도 아닌 내 별에서 자라고 있는데, 어느 날 아침 작은 양이 그걸 한입에 삼켜버렸다고 생각해 봐. 자기가 무슨 일을 저질렀는지도 모른 채 말이야. 아! 아저씬 그런 상황이 별거 아니라고 생각하는구나!"

그는 하얗게 질린 얼굴을 붉히더니 이야기를 이어갔다.

"만약에 무수히 많은 별들 가운데서도 단 한 송이만 피어나는 그런 꽃을 누군가 사랑한다면, 그 사람은 그저 하늘의 별들을 바라보는 것만으로도 충분히 행복할 거야. 아마 그는 이렇게 말하겠지. '저기 어딘가에 내 꽃이 있다고…' 그런데 양이 그 꽃을 먹어 치워 버린다면, 그가 바라보던 그 모든 별들은 한순간에 빛을 잃고 말겠지…. 이래도 아저씬 이런 일이 전혀 중요하지 않다고 여기는 거잖아!"

그는 더 이상 말을 잇지 못했다. 심하게 흐느껴 우는 바람에 목이 멘 것이다.

어느새 어둠이 내려앉았다. 나는 손에 들었던 공구들을 내려놓았다. 망치도, 나사도 혹은 갈증이나 죽음도 지금에 와선 다 무슨 소용이란 말인가? 어느 별에선가, 그 어느 행성에선가, 내가 있는 행성인 이 지구상엔 위로해 줘야 할 어린 왕자가 있다. 나는 그를 품에 안고는 부드럽게 흔들며 이렇게 속삭였다.

"네가 사랑하는 꽃은 위험에 처한 게 아니란다. 양에게 씌울 입마개를 그려 줄게. 꽃 주위를 막아둘 울타리까지 그려 주마. 또…"

사실 난 그에게 무슨 말을 해줘야 할지 몰랐다. 나는 마냥 어색하기만 했고 실수 연발이었다. 그의 마음을 움직여 다시 전처럼 다정하게 지낼 방법을 몰라 답답하기만 했다.

이처럼 눈물의 세계란 도무지 알 길이 없다.

# 8

  나는 곧 이 꽃에 대해 더 잘 알게 되었다. 원래 어린 왕자의 별에서 꽃들이란 아주 단순한 존재들이었다. 꽃잎이 하나밖에 없었기에 따로 공간을 차지하지도 않았다. 꽃들이 누군가를 성가시게 하는 일이란 없었다. 어느 날 아침 잔디밭에 나타났다가 밤이면 그저 조용히 시들곤 했다. 그러다 하루는 어디선가 씨앗이 날아들더니 처음 보는 꽃이 피어났다. 어린 왕자는 그의 별에서 보아 온 새싹들과는 다른 이 새싹을 자세히 지켜봤다. 새로운 종류의 바오바브나무일 수도 있으니까 말이다.

  얼마 지나지 않아 작은 식물은 마침내 성장을 멈추고 꽃을 피워 낼 채비를 했다. 커다란 꽃봉오리가 맺히자 처음부터 그걸 지켜봐 왔던 어린 왕자는 그 안에서 무언가가 기적처럼 탄생하리란 사실을 단번에 알아차렸다. 하지만 꽃은 채비를 마치지 않았다는 듯 자신의 초록색 공간에 머물며 단장을 계속했다. 꽃은 아주 신중하게 색을 골라 천천히 옷을 입고 꽃잎을 매만졌다. 양귀비처럼 단정하지 못한 차림새로 모습을 드러내긴 싫었던 것이다. 꽃은 가장 빛나는 모습을 갖추었을 때 등장하고 싶었다. 그렇지, 아무렴! 아주 묘한 아름다움을 발하는 꽃이니 그럴 수밖에!

그렇게 베일에 싸인 꽃의 단장이 수일 동안 이어졌다.

그러다 어느 날 아침, 그러니까 좀 더 정확히 말하자면 해가 떠오르자 꽃은 난데없이 모습을 드러냈다.

한참을 공들여 구석구석을 치장한 꽃은 하품을 해대며 이렇게 말하는 것이었다.

"아! 겨우 일어났지 뭐야. 이해해 줬으면 해. 꽃잎은 아직 제대로 손보지 못해서 말이야…"

어린 왕자는 저도 모르게 감탄사를 내뱉었다.

"이야! 넌 정말 아름답구나!"

"그런 것 같지?" 꽃이 다정하게 답했다. "게다가 난 태양이 떠오르는 순간에 태어났고…."

이쯤 되자 어린 왕자는 꽃이 겸손과는 거리가 멀다는 걸 쉽게 짐작할 수 있었다. 그래도 꽃이란 존재는 그 얼마나 감동적이고 흥미진진했던가!

"그나저나 아침 먹을 때가 된 것 같구나." 잠시 후 꽃은 이렇게 덧붙였다. "네가 친절하게도 내 입장을 고려해 준다면 좋을 텐데…."

적잖이 당황한 어린 왕자는 주변을 살펴 맑은 물이 든 물뿌리개를 찾았고, 그렇게 그는 꽃을 보살폈다.

곧이어 자만심으로 가득한 꽃은 어린 왕자를 고통스럽게

했다. 실제로 꽃의 그러한 자만심은 다루기가 만만치 않았다. 가령 어느 날은 자신의 가시 네 개를 언급하며 어린 왕자에게 이렇게 말했다.

"발톱을 세운 호랑이들이 와도 상대해 주겠어!"

"내 별에 호랑이는 없단다." 어린 왕자가 지적했다. "그리고 호랑이들은 풀을 안 먹어."

"난 풀이 아닌걸." 꽃이 나긋나긋하게 대답했다.

"그래, 그렇담 미안하구나…."

"호랑이 따윈 하나도 무섭지 않다고." 꽃은 말을 이었다. "하지만 찬바람은 너무 싫어. 바람을 막아줄 가림막 같은 게 있을까?"

"바람이 싫다니… 식물인 너로선 참 안된 일이구나." 어린 왕자는 이렇게 말하고 나서 곧 말을 이었다. "이 꽃은 정말이지 까다로운 것 같아…."

"밤엔 유리 덮개를 씌워줬으면 해. 네가 사는 곳은 너무 춥구나. 내가 살던 데선 말이지…."

하지만 꽃은 어느 순간 말을 멈췄다. 꽃은 씨앗의 형태로 어린 왕자의 별에 당도한 거였다. 그러니 다른 세계에 대해 알 리 없었다. 뻔한 거짓말이 드러나 적잖이 당황한 꽃은 두세 번 억지 기침을 하며 어린 왕자를 탓하려 했다.

"가림막은 어떻게 된 거야?"

"그걸 구하러 가려던 참에 네가 말을 걸어서…"

그러자 꽃은 좀 더 억지 기침을 해보이며 어린 왕자의 마음을 계속 불편하게 만들고자 했다.

결국 마냥 호의와 애정으로 꽃을 대하던 어린 왕자도 머지않아 그녀를 의심하기에 이르렀다. 어린 왕자는 꽃이 던지는 사소한 말조차 심각하게 받아들였고, 그렇게 그는 꽤나 불행해졌다.

"꽃이 하는 말을 귀담아듣지 말 걸 그랬어." 어느 날 그가 내게 가만히 털어놓았다. "꽃의 말에 귀 기울여선 안 돼. 꽃은 그냥 바라보고 향기만 맡으면 그만이야. 내 꽃에서 난 향기도 온 별을 가득 메웠지. 하지만 난 그 꽃의 아름다움을 온전히 누릴 줄 몰랐어. 호랑이 발톱 이야기만 해도 성가시다고만 생각했지. 다정하게 들어주고 가엾게 여길 수도 있었는데 말이야."

그는 마음에 담아 둔 이야기를 계속했다.

"문제는 내가 뭐든 제대로 이해할 줄 몰랐단 거야! 말이 아니라 행동을 보고 판단했어야 했어. 꽃은 향기와 빛을 발했을 뿐이야. 그렇게 꽃을 두고 달아나는 게 아니었어…. 하찮게 꾸며낸 말 속에 숨겨진 꽃의 감정을 짐작했어야 하는 건데. 꽃들은 너무 변덕스럽단 말이야! 그래도 그때 난 꽃을 제대로 사랑하기엔 너무 어렸으니까…."

# 9

어린 왕자는 이동하는 철새 무리의 힘을 빌려 자신의 별에서 벗어났으리라. 떠나던 날 아침 그는 자신의 별을 제대로 정돈해 두려 애썼다. 그는 우선 활화산을 공들여 청소했다. 활화산은 전부 두 개였는데, 아침에 먹을거리를 데우기에 안성맞춤이었다. 이 외에 휴화산도 하나 있긴 했다. 어린 왕자는 "앞날은 모르는 거잖아!"라고 하며 휴화산까지 청소해 두었다. 화산이란 모름지기 제대로 청소해 주면 천천히 규칙적으로 끓어오르긴 해도 느닷없이 분출하는 일이 없다. 화산의 폭발은 굴뚝에서 불이 나는 것과 같은 이치다.

물론 지구에 사는 우리는 화산을 청소하기엔 너무 작다. 그래서 화산들이 그렇게 끊임없이 폭발하는 것이다.

살짝 풀이 죽은 어린 왕자는 남아 있던 바오바브나무의 작은 싹들도 마저 뽑아냈다. 어쩐지 다시는 돌아오지 않을 것 같았다. 마지막이었던 그날 아침에는 익숙하기만 했던 그 모든 일들이 더없이 소중하게 다가왔다. 마지막으로 꽃에 물을 주고 유리 덮개를 씌우려는 순간 어린 왕자는 하마터면 눈물을 흘릴 뻔했다.

"안녕, 잘 있어." 그가 꽃에게 말했다.

하지만 꽃은 대답이 없었다.

"잘 있으렴." 그가 재차 말을 건넸다.

꽃은 기침을 했지만, 그건 감기에 걸려서가 아니었다.

"내가 어리석었어." 마침내 꽃이 입을 열었다. "용서해 주렴. 행복해야 해…."

어린 왕자는 꽃이 자신을 나무라지 않아 적잖이 놀랐다. 어리 둥절해진 그는 유리 덮개를 손에 든 채 그 자리에 가만히 서 있었다. 꽃이 그렇게 잠잠하고 다정하게 구는 걸 이해할 수 없었던 것이다.

"널 사랑하고말고." 꽃은 말을 이었다. "여태 네가 그걸 몰랐던 건 내 탓이야. 뭐, 이제 그런 건 상관없어. 그런데 너도… 너도 나만큼이나 바보 같았단다. 행복하길 바랄게…. 유리 덮개는 그냥 둬도 돼. 이젠 필요 없으니까."

"그래도 바람이…."

"내가 감기 때문에 고생하는 경우는 잘 없어…. 시원한 밤공기는 오히려 좋을지도 몰라. 난 꽃이니까."

"짐승들은 어쩌고…."

"나비랑 알고 지내고 싶으면 애벌레 두세 마리 정도는 봐줘야 하겠지. 나비들은 정말이지 아름다운 것 같으니까 말이야. 나비와 애벌레가 아니면 누가 나를 찾아와 주기나 하겠니? 넌 이제 아주 멀리 있을 테고… 덩치가 큰 짐승들은… 난 그들이 전혀 무섭지 않아. 발톱이라면 나도 가지고 있으니까.”

꽃은 천진난만하게 가시 네 개를 가리키더니 이렇게 덧붙였다.

“그렇게 어물쩡대지 마. 어차피 떠나기로 한 거잖아. 자, 이제 가 보라고!”

사실 꽃은 어린 왕자에게 우는 모습을 보이고 싶지 않았다. 자존심이 센 꽃이니 그럴 만도 했다….

# 10

어린 왕자는 자신이 소행성 325와 326, 327, 328, 329, 330과 인접한 곳에 살고 있음을 알아차렸다. 그는 그 별들을 방문해 견문을 넓히고자 했다.

맨 처음 찾아간 별에는 왕이 살고 있었다. 푸른색이 감도는 자줏빛과 담비 가죽으로 만든 옷을 걸친 왕은 군더더기 없이 위풍당당한 왕좌에 앉아 있었다.

"오! 내 신하가 오는구나." 어린 왕자가 다가가자 왕은 이렇게 외쳤다.

어린 왕자는 속으로 이렇게 반문했다.

'만난 적도 없는데 어떻게 나를 알아보는 거지?'

사실 어린 왕자는 왕들의 세계가 얼마나 단순한지 알지 못했다. 왕들의 입장에선 이 세상 모든 사람들이 신하일 따름이다.

"가까이 오라. 너를 더 자세히 보고자 하노라." 이렇게 말한 왕은 마침내 누군가에게 왕 노릇을 하게 되어 이루 말할 수 없이 자랑스러워했다.

어린 왕자는 주위를 둘러보며 앉을 자리를 찾았다. 하지만 그 별은 담비 가죽으로 만든 왕의 거대한 가운으로 뒤덮여 비좁기 그지없었다. 그는 하는 수 없이 꼿꼿이 서 있었지만, 피곤한 나머지 하품이 절로 나왔다.

"왕 앞에서 하품을 해대는 건 예법에 완전히 어긋나는 일이로다." 왕이 그에게 말했다. "하품을 금지하노라."

"그건 어쩔 수 없어요. 나오는 하품을 막을 순 없다고요." 어린 왕자는 당황해 어쩔 줄 몰라 하며 대답했다. "먼 길을 온데다 제대로 자지도 못했거든요…"

"아, 그렇다면야." 왕이 말을 이었다. "그대가 하품을 하도록 명하노라. 하품하는 사람을 본 지도 오래되었구나. 그러니 내게 하품은 기이한 것이니라. 자, 어서 해 보거라! 다시 하품을 해 보라고! 명령이다."

"그러니까 겁이 나잖아요… 하품도 더 나오지 않아요…." 이렇게 중얼거린 어린 왕자는 당황한 기색이 역력했다.

"흠! 흠!" 왕이 대답했다. "그렇다면 짐은… 짐은 명하노라. 그대는 가끔은 하품을 하고, 또 가끔은…."

왕은 조금 식식거리더니 화가 난 듯 보였다.

그는 기본적으로 자신의 권위를 인정받고자 했다. 자신의 말을 거역하는 건 참을 수 없는 일이었다. 그렇다. 그는 절대 군주였던 것이다. 하지만 동시에 그는 아주 선한 사람이었기 때문에 합당한 명령을 가려서 내렸다.

왕은 예를 들어가며 말을 이었다. "만일 짐이 어떤 장군에게 바닷새로 변신하라고 명한다면, 그리고 그 장군이 명령에 따르지 않았다면, 그건 장군의 잘못이 아니야. 그건 바로 짐의 탓일 테지."

"앉아도 될까요?" 어린 왕자가 조심스럽게 물었다.

"그리하도록 명하노라." 대답을 마친 왕은 담비 가죽으로 된 가운의 한쪽 끝자락을 당당히 잡아 올렸다.

어린 왕자는 문득 궁금해졌다. 그 별은 너무 작았던 것이다.

대체 이 왕은 여기서 뭘 통치한다는 걸까?

"왕이시여." 그가 말을 건넸다. "질문을 하나 올려도 괜찮겠습니까…."

"질문을 하도록 명하노라." 왕은 서둘러 대답함으로써 허락의 뜻을 확실히 했다.

"왕이시여, 왕께선 정확히 무엇을 통치하시나요?"

"전부 다." 왕의 대답은 더없이 간단했다.

"전부 다를요?"

그러자 왕은 자신의 행성과 다른 행성들, 그리고 다른 모든 별들을 가리켰다.

"저걸 전부 다 통치한다고요?" 어린 왕자가 재차 물었다.

"그렇지, 전부 다." 왕이 대답했다.

그는 절대 군주를 넘어 우주 전체를 통치하는 존재였던 것이다.

"저 별들도 왕께 복종한다는 건가요?"

"그렇고말고." 왕이 말했다. "내 명령이 떨어지는 즉시 복종하지. 불복종 따윈 허락하지 않으니까."

어린 왕자로선 그와 같은 권력이 그저 경이로울 따름이었다. 만일 자신이 그처럼 전적인 권한을 지녔다면 하루에 마흔네 번이 아니라 일흔두 번, 혹은 백 번, 이백 번씩 저녁노을을 지켜볼 터였다. 의자를 조금도 움직이지 않고서 말이다. 불현듯 떠나온 자신의 작은 행성이 떠올라 조금 슬퍼진 어린 왕자는 애써 용기를 내어 왕에게 부탁했다.

"저녁노을이 보고 싶어요…. 그러니 친절을 베풀어 주세요…. 해가 지라고 명령해 주세요…."

"만일 내가 어느 장군에게 나비처럼 이 꽃에서 저 꽃으로 이리저리 날아다니라고 하거나 비극 한 편을 써 보라거나 아니면 바닷새로 변신하라고 명령한다면, 그리고 장군이 자신에게 떨어진 명령을 수행하지 못한다면, 그건 우리 둘 중 누구의 잘못이겠느냐?" 왕이 질문했다. "장군이겠느냐, 아니면 짐이겠느냐?"

"왕이시겠지요." 어린 왕자가 대답했다.

"그렇다. 누군가에게 일을 시킬 땐 실행 가능한 걸 요구해야 하느니라." 왕이 말을 계속했다. "무릇 권한은 이성을 바탕으로 할 때 인정받는 법이다. 만일 백성들에게 다짜고짜 바다로 뛰어들라고 명령한다면 그들은 봉기해 혁명을 일으키고 말 테다. 내 명령은 합리적이기에 복종을 명할 수 있는 거야."

"그럼 제가 말씀드린 저녁노을은요?" 어린 왕자는 자신이 부탁한 바를 왕에게 재차 알려 주었다. 그는 자신이 물어본 건 결코 잊지 않았다.

"그대는 저녁노을을 보게 될 것이다. 내가 그리 명령하노라. 허나 짐이 통치하는 방식에 따르면 여러 조건들이 맞아떨어질 때까지 기다려야 하느니라."

"그때가 언제쯤인가요?" 어린 왕자가 물었다.

"흠! 흠!" 왕은 말없이 커다란 연감을 뒤적이더니 이렇게 대답했다. "흠! 흠! 그건 말이야 대략… 대략… 오늘 저녁 7시 40분쯤이겠구나. 그때가 되면 다들 내게 얼마나 충직하게 복종하는지 확인하게 될 것이다!"

어린 왕자는 하품이 났다. 저녁노을을 볼 수 없어 유감이었다. 게다가 그는 살짝 지루하다고 느끼기 시작했다.

"여기선 더 이상 할 일이 없어요." 어린 왕자가 왕에게 말했다. "이제 다시 길을 떠나 볼까 해요."

"가지 말라." 신하를 두게 되어 더없이 흐뭇했던 왕이 말했다. "가지 말라. 그대를 장관으로 임명하겠다!"

"무슨 장관 말씀이신가요?"

"그러니까… 법무장관 말이다!"

"하지만 여긴 재판할 만한 사람이 없는걸요!"

"그건 모를 일이다." 왕이 그에게 일렀다. "아직 내 왕국을 다 둘러보지 못했노라. 게다가 난 아주 늙었지. 그런데 마차를 둘 공간도 마땅치 않단 말이다. 걷기엔 힘이 들고 말이야."

"아, 하지만 여긴 제가 이미 다 돌아봤답니다!" 어린 왕자는 몸을 돌려 별의 다른 쪽을 한 번 더 쳐다보고는 이렇게 말했다. 이쪽과 마찬가지로 다른 쪽에도 사람이라곤 보이지 않았다….

"그럼 그대가 그대 자신을 재판하면 되겠군." 왕이 대답했다.

"그것보다 어려운 일은 없지. 그 누구보다 자기 자신을 심판하는 일이 훨씬 더 힘든 법이야. 자신을 제대로 심판할 수 있다면 그 야말로 참된 현자라 할 수 있어."

"네, 무슨 말씀인지 알겠어요." 어린 왕자가 말했다. "그런데 전 어디서나 저 자신을 심판할 수 있어요. 꼭 이 별에 살아야 하는 건 아니지요."

"흠! 흠!" 왕이 말을 이었다. "이 별 어딘가에 분명 늙은 쥐 한 마리가 있느니라. 밤마다 소리가 들린다고. 그대가 그 늙은 쥐를 심판하면 되겠구나. 이따금씩 사형 선고도 내리고 말이지. 그리 하면 그 쥐의 목숨은 그대의 심판에 좌우될 거라고. 하지만 가 끔은 사면도 해 줘야 하느니라. 여긴 그놈밖에 남은 쥐가 없으니 살뜰히 보살펴야 해."

어린 왕자가 입을 열었다. "전 누구에게도 사형 선고를 내리 지 않겠어요. 그리고 이젠 가 봐야 할 것 같아요."

"안 된다." 왕이 말했다.

하지만 떠날 채비를 마친 어린 왕자는 늙은 왕을 슬프게 만들 고 싶지 않았다.

"왕께서 저의 즉각적 복종을 원하신다면 합리적인 명령을 내 려주시면 됩니다. 가령 1분 내로 여길 떠나라고 명령하셔도 되지 요. 그 정도면 저로선 딱 맞아떨어지는 조건 같으니까…"

왕이 대답을 하지 않자 어린 왕자는 잠시 머뭇거렸다. 그리고는 한숨을 한 번 내쉰 뒤 그 별을 떠났다.

"그대를 대사로 임명하겠다." 왕이 다급히 외쳤다.

꽤나 권위 있는 음성이 울려 퍼졌다.

'어른들은 참 이상하구나.' 어린 왕자는 그렇게 되뇌고선 여정을 이어갔다.

# 11

어린 왕자가 찾은 두 번째 별에는 잘난 척하는 사람이 살고
있었다.

"아아! 내 숭배자가 도착하겠구나!" 그는 다가오는 어린 왕자를 발견하고 멀리서 이렇게 외쳤다.

잘난 척하는 사람은 모든 이들을 자신의 숭배자로 간주하는 법이다.

"안녕하세요." 어린 왕자가 인사를 건넸다. "참 괴상한 모자를 쓰고 계시네요."

"답례 인사를 위한 모자지." 잘난 척하는 사람이 대답했다. "사람들이 내게 찬사를 보내면 답례로 이 모자를 들어 인사하는 거란다. 안타깝지만 아직까진 아무도 이 별을 지나가지 않았어."

"뭐라고요?" 어린 왕자가 말했다. 그는 잘난 척하는 사람이 하는 말을 도무지 이해할 수 없었다.

"손뼉을 쳐 보거라. 두 손을 마주쳐서 말이다." 잘난 척하는 사람은 어린 왕자가 취해야 할 행동을 일러주었다.

곧이어 어린 왕자가 손뼉을 쳤다. 그러자 잘난 척하는 사람은 모자를 들어 올려 점잖게 답례했다.

"여긴 왕이 사는 별보다 훨씬 재밌는데." 어린 왕자가 혼잣말을 했다. 그는 재차 양손을 마주치며 손뼉을 쳤다. 잘난 척하는 사람이 또 모자를 들어 답례했다.

이후 5분 동안 똑같은 과정을 반복하고 나니 어린 왕자는 단조롭기만 한 이 놀이가 지루해졌다.

"그럼 반대로 모자를 내리는 건 어떤 경우죠?" 어린 왕자가 물었다.

그러나 잘난 척하는 사람은 그의 질문을 듣지 못했다. 본래 잘난 척하는 이들은 자신을 찬미하는 말 외에 다른 건 듣지 못하게 마련이다.

"넌 정말 나를 그만큼이나 숭배하는 거니?" 그가 어린 왕자에게 물었다.

"'숭배한다'는 게 무슨 말이에요?"

"숭배한다는 건 네가 나를 이 별에서 제일 멋지고 옷을 잘 입는 데다 가장 부유하고 누구보다 똑똑한 사람이라고 여기는 거란다."

"하지만 이 별엔 아저씨 말고는 아무도 없잖아요!"

"좀 상냥하게 굴어주렴. 아까처럼 나를 숭배해 봐."

"아저씨를 숭배해요." 어린 왕자는 어깨를 살짝 으쓱해 보이며 말했다. "그런데 왜 그렇게 숭배받길 원하는 건가요?"

그렇게 묻고 나서 어린 왕자는 발걸음을 재촉했다.

"정말이지 어른들은 너무 이상하단 말이야." 어린 왕자는 그렇게 되뇌고선 여정을 이어갔다.

## 12

다음 별에는 술고래가 살았다. 어린 왕자는 이 별에 아주 잠깐 머물렀지만, 크게 낙담했다.

"거기서 뭐 하세요?" 어린 왕자가 술고래에게 물었다. 술고래는 빈 술병들과 아직 따지 않은 술병들을 늘어놓은 채 말없이 앉아 있었다.

"술을 마시는 중이지." 술고래가 구슬프게 말했다.

"술은 왜 마시나요?" 어린 왕자가 물었다.

"마시고 잊으려고." 술고래가 대답했다.

"뭘 잊는단 거죠?" 어린 왕자가 질문을 던졌다. 그는 이미 술고래가 가엾어졌다.

"수치스럽다는 기분을 잊고 싶구나." 술고래는 고개를 떨어뜨리며 어린 왕자에게 털어놓았다.

"뭐가 수치스러운 거예요?" 술고래를 돕고 싶어진 어린 왕자가 질문을 계속했다.

"술 마시는 게 수치스럽지." 말을 마친 술고래는 깊은 침묵에 잠겼다.

어린 왕자는 다시 걸음을 재촉했다.

"정말이지 어른들은 너무너무 이상하단 말이야." 어린 왕자는 그렇게 되뇌고선 여정을 이어갔다.

# 13


 네 번째 별은 사업가가 차지하고 있었다. 이 사내는 일에 너무나 골몰한 나머지 어린 왕자가 도착했지만 고개를 들 줄 몰랐다.

 "안녕하세요." 어린 왕자가 인사를 건넸다. "그런데 아저씨 담배가 다 탔어요."
 "3 더하기 2는 5. 5 더하기 7은 12. 12 더하기 3은 15. 그래, 안

넝. 15 더하기 7은 22. 22 더하기 6은 28. 담뱃불을 다시 붙일 겨를도 없구나. 26 더하기 5는 31. 휴! 그럼 전부 501,622,731이 되는 셈이군."

"5억 뭐라고요?" 어린 왕자가 물었다.

"어? 너 아직 거기 있는 거냐? 5억 백만… 쉴 수가 없구나…. 일이 너무 많아! 중요한 일을 하고 있단 말이다. 난 헛소리나 하며 노닥거리지 않아. 2 더하기 5는 7…."

"5억 백만 뭐라고 하셨나요?" 한 번 던진 질문은 결코 단념하지 않는 어린 왕자가 재차 물었다.

사업가는 고개를 들었다.

"지난 54년간 이 별에 살면서 방해받은 건 단 세 번뿐이었어. 첫 번째로 나를 방해한 건 어디서 떨어진 건지 모를 방정맞은 거위 한 마리였어. 그놈이 끔찍하게 꽥꽥대는 소리가 온 별에 울려 퍼지는 바람에 덧셈을 네 번이나 틀렸지 뭐냐. 두 번째는 11년 전 갑작스레 류머티즘에 걸렸을 때였고. 사실 난 제대로 운동을 하지 못해. 빈둥대며 운동할 시간 따윈 없거든. 끝으로 세 번째는… 그건 바로 지금이야! 그러니까 아까 내가 5억 백만이라고 했지…."

"뭐가 백만인 거죠?"

불현듯 사업가는 그의 질문에 답하지 않고선 조용히 일을 볼 수 없을 거란 사실을 깨달았다.

"가끔 하늘에 떠 있는 저 작은 것들 말이야."

"파리들 말인가요?"

"아, 그것 말고. 저기 반짝이는 작은 것들."

"꿀벌이요?"

"아니, 아니야. 게으름뱅이들이 바라보며 꿈에 젖는, 작고 금빛으로 반짝이는 것들 말이다. 중요한 일을 해야 하는 나로선 느긋하게 꿈이나 꿀 시간이 없지만 말이야."

"아! 별들을 말하는 거군요?"

"그래, 바로 그거야. 별들이 그만큼 된다는 거다."

"그런데 5억 개나 되는 별들로 뭘 하시는 거예요?"

"501,622,731개지. 난 중요한 일을 한단다. 뭐든 정확히 처리하려 하지."

"그럼 그 별들을 어디다 쓰는 거죠?"

"내가 별들로 뭘 하느냐고?"

"네."

"아무것도 하지 않아. 그저 별들을 소유할 뿐이지."

"별들을 소유한다고요?"

"그렇지."

"하지만 전 이미 왕도 만난걸요. 그 왕은…."

"왕들은 소유하지 않아. 다스릴 뿐이지. 이 둘은 아주 다른 문제란다."

"그렇담 별들을 소유해서 얻는 건 뭔가요?"

"부자가 될 수 있단다."

"부자가 되면 뭐가 좋은데요?"

"별들을 더 많이 사들일 수 있게 돼. 이미 발견된 별이라면 말이야."

'이 사람은 가엾은 술고래처럼 생각하는군.' 어린 왕자는 속으로 되뇌었다.

어쨌거나 어린 왕자는 아직 질문할 것들이 더 남아 있었다.

"별을 소유한다는 게 가능한 일인가요?"

"별들이 누구의 것이더냐?" 사업가는 언짢은 듯 쏘아붙였다.

"글쎄요. 누구의 것도 아니죠."

"그럼 그 별들은 내 것이다. 왜냐하면 그런 생각을 한 건 내가 처음이기 때문이지."

"그렇게 생각하기만 하면 되는 건가요?"

"그렇고말고. 주인 없는 다이아몬드를 네가 발견했다면 그건 네 거야. 주인 없는 섬도 마찬가지고. 다른 사람들이 하지 못한 생각이 떠올라 특허를 획득하면 그건 네 것인 거지. 내 경우도 그렇단다. 나 말고 별들을 소유하는 문제에 관해 생각한 사람이 여태 없었으니 난 별들을 소유한 셈이라고."

"네, 맞아요. 그렇군요." 어린 왕자가 말했다. "그럼 그 별들을 가지고 뭘 하시나요?"

"별들을 관리한단다." 사업가가 대답했다. "난 별들을 세고 또 세지. 어려운 일이야. 하지만 난 원래 중요한 일을 즐길 줄 아는 사람이란다."

어린 왕자는 여전히 사업가의 대답에 만족하지 못했다.

그는 이렇게 말했다. "만일 제게 실크 스카프가 있다면 전 그 걸 목에 두르고 다닐 거예요. 꽃을 가졌다면 그걸 뽑아 갖고 다 닐 거고요. 그런데 아저씬 하늘에 있는 별을 딸 수도 없잖아 요…."

"그렇긴 하지. 하지만 은행에다 보관해 둘 순 있지."

"그게 무슨 말이죠?"

"그건 말이지. 우선 작은 종이에 내 별들의 번호를 적는 거야. 그리고 그 종이를 은행 서랍에 넣고는 자물쇠를 채워두는 거지."

"그럼 그게 다예요?"

"그렇지, 그거면 돼." 사업가가 말했다.

'재밌는걸.' 어린 왕자는 생각했다. '좀 시적이기도 하고 말이 야. 하지만 중요한 일 같진 않아.'

중요한 일에 관해서라면 어린 왕자는 어른들과 의견이 아주 달랐다.

"전 꽃을 하나 기르고 있어요." 어린 왕자는 사업가와 대화를 이어갔다. "매일 물을 주죠. 화산도 세 개 있는데, 매주 깨끗이 청소한답니다. 휴화산까지 청소해 두는 건 앞일을 알 수 없기 때문이에요. 결국 제가 소유함으로 인해 화산도 좋고 꽃도 좋은 셈이죠. 그런데 아저씬 별들에게 아무런 도움도 되지 않잖아요…"

사업가는 입을 벌리는 듯했지만 끝내 대답할 말을 찾지 못했다. 어린 왕자는 곧장 그 별을 떠났다.

"정말이지 어른들은 전부 별나단 말이야." 어린 왕자는 짧게 되뇌고선 여정을 이어갔다.

# 14

다섯 번째 별은 꽤나 낯설었다. 그곳은 여태 찾아간 별들 중 가장 작아서 가로등 하나와 점등원 한 명으로 꽉 들어찼다. 사람도 집도 찾아볼 수 없는 이 광활한 우주 안 어느 별에 가로등과 점등원이 과연 필요한 건지 어린 왕자는 선뜻 이해할 수 없었다. 그래도 이런 생각이 들긴 했다.

'이 사람도 말이 안 되긴 해. 하지만 왕이나 잘난 척하는 사람, 사업가, 술고래만큼 이상하진 않아. 적어도 이 사람이 하는 일은 의미가 있어. 그가 가로등을 켜면 그건 마치 삶에 별 하나를 더하거나 꽃 한 송이를 피어나게 하는 것과 같으니까. 그가 가로등을 끄면 꽃이나 별도 잠이 들지. 정말이지 아름다운 일이야. 아름다우니까 진짜 가치 있기도 하고.'

별에 도착한 어린 왕자는 점등원에게 깍듯이 인사를 건넸다.

"안녕하세요. 왜 방금 가로등을 껐어요?"

"그게 명령이니까." 점등원이 대답했다. "좋은 아침이야."

"명령이 뭔데요?"

"가로등을 끄라는 게 명령이지. 좋은 저녁이야."

그는 다시 가로등을 켰다.

"그럼 어째서 방금 다시 불을 켠 거예요?"

"그게 명령이니까." 점등원이 대답했다.

"무슨 말인지 모르겠어요." 어린 왕자가 말했다.

"굳이 이해하려 하지 않아도 돼." 점등원이 말했다. "명령은 명령일 뿐이니까. 좋은 아침이야."

그는 가로등을 껐다.

그런 다음 그는 격자무늬 손수건으로 이마를 한 번 훔쳤다.

"이 일은 아주 힘들어. 그래도 예전엔 할 만했는데 말이야. 아침이 되면 불을 끄고 저녁이면 다시 불을 켰지. 낮엔 쉬고 밤엔 잠을 잘 수 있었다고."

"그럼 그때 이후론 명령이 바뀌었단 건가요?"

"명령은 바뀌지 않았어." 점등원이 말했다. "바로 그게 비극이지! 해가 갈수록 별은 더 빨리 도는데 명령은 바뀌지 않으니까!"

"그래서 어떻게 됐다는 거예요?" 어린 왕자가 물었다.

"그래서… 이제 이 별은 1분마다 한 바퀴를 도는 셈이니까 난 쉴 시간이 단 1초도 없는 거지. 1분마다 불을 켰다 껐다 해야 한다고!"

"그것참 재밌네요! 아저씨가 사는 이 별에선 하루가 단 1분인 거잖아요!"

"재밌을 것도 없단다!" 점등원이 말했다. "이렇게 우리가 이야 기를 나누는 동안에도 한 달이 흘러가 버린걸."

"한 달이요?"

"그래, 한 달이지. 30분이 지났으니 30일을 보낸 셈이야. 좋은 저녁이구나."

그는 다시 가로등 불을 켰다.

잠자코 점등원을 지켜보던 어린 왕자는 명령에 그다지도 충 실한 그가 마음에 들었다. 어린 왕자는 문득 예전에 의자만 조 금씩 옮기면 저녁노을을 감상할 수 있었던 것이 떠올랐다. 그는 문득 이 친구를 도와주고 싶어졌다.

"있잖아요, 아저씨." 어린 왕자가 입을 열었다. "아저씨가 원할 때마다 쉴 수 있는 방법을 알려드릴게요…"

"나야 늘 쉬고 싶단다." 점등원이 말했다.

모름지기 인간이란 성실하게 생활하는 와중에도 느긋하게 여 유를 즐길 수 있는 법이다.

어린 왕자는 설명을 계속했다.

"아저씨 별은 아주 작아서 세 걸음이면 전부 돌아볼 수 있을 거예요. 그러니까 늘 햇빛을 보고 싶으면 조금 천천히 걷기만 하 면 돼요. 쉬고 싶을 땐 걷는 거예요. 그럼 아저씨가 원하는 만큼 오래오래 낮을 즐길 수 있다고요."

"그런다고 크게 소용이 있을지 모르겠구나." 점등원이 말했다. "내가 이 세상에서 유일하게 즐기는 건 자는 거거든."

"그럼 안타깝게 됐네요." 어린 왕자가 말했다.

"안타깝지." 점등원이 말했다. "좋은 아침이야."

그가 가로등을 껐다.

보다 먼 여정에 오른 어린 왕자가 되뇌었다. "저 사람은 왕이나 잘난 척하는 사람, 술고래, 사업가의 눈에 띄었다면 비웃음을 샀을 거야. 그래도 그들 중에선 저 사람만 유일하게 이상하지 않은데 말이지. 그건 아마 저 사람이 자기 자신 말고 뭔가 다른 일에 집중하고 있어서인지도 모르겠어."

어린 왕자는 유감이라는 듯 한숨을 내쉬고는 재차 되뇌었다.

"그래도 저 사람과는 친구가 될 수 있을 것 같았는데 말이지. 하지만 그의 별은 정말이지 너무 작아. 두 사람이 있기엔 너무 좁다고…."

그런데 정작 어린 왕자가 차마 털어놓지 못한 사실은 따로 있었다. 그건 바로 매일 1,440번이나 저녁노을을 감상할 수 있는 축복받은 이 별을 떠나게 되어 너무도 안타깝다는 거였다!

# 15

여섯 번째 별은 이전에 들른 별보다 열 배는 더 컸다. 그 별에는 아주 큰 책을 쓴 노신사가 살고 있었다.

"오, 이것 좀 봐! 탐험가로군!" 어린 왕자를 발견한 노신사가 외쳤다.

어린 왕자는 책상 맞은편에 앉아 잠깐 숨을 골랐다. 너무 오래 쉬지 않고 여행한 것이다!

"어디서 온 게냐?" 노신사가 그에게 물었다.

"그 커다란 책은 뭐예요?" 어린 왕자가 말했다. "뭘 하고 계신 건가요?"

"난 지리학자야." 노신사가 말했다.

"지리학자가 뭐죠?" 어린 왕자가 물었다.

"지리학자는 바다와 강, 도시, 산과 사막이 어디에 있는지 다 알고 있는 학자란다."

"아주 재밌겠어요." 어린 왕자가 말했다. "드디어 진짜 직업을 가진 분을 만났군요!" 그는 지리학자의 별을 한 번 둘러봤다. 그 곳은 그가 여태 본 별들 중에서도 제일 크고 번듯했다.

"별이 참 아름다워요." 그가 말했다. "바다도 있나요?"

"글쎄다, 모르겠구나." 지리학자가 말했다.

"아!" 어린 왕자는 실망하고 말았다. "산은요?"

"잘 모르겠구나." 지리학자가 말했다.

"도시는 있어요? 강과 사막은요?"

"그것도 잘 모르겠는걸."

"지리학자시라면서요!"

"그렇지." 지리학자가 말했다. "하지만 난 탐험가가 아니니까. 여태 내 별에 들른 탐험가는 아무도 없었단다. 도시와 강, 산, 바다, 대양과 사막의 수를 세고 다니는 건 지리학자의 몫이 아니지. 그저 한가로이 돌아다니기엔 지리학자는 너무도 중요한 인물이야. 우린 늘 책상에 붙어 있단다. 책상 앞에서 탐험가들을 맞이하지. 그들에게 질문을 던지고 그들이 여행 후 기억해 낸 걸 듣고 써 내려가지. 그러다 흥미로운 내용이 있다 싶으면 그 탐험가가 도덕적으로 문제가 없는 사람인지 조사해 보는 거야."

"그건 왜죠?"

"만약에 탐험가가 거짓말이라도 한다면 지리학자가 쓰는 책은 엉망이 되고 말 것 아니냐. 탐험가가 술에 취해도 마찬가지일 거고."

"왜 그런 건가요?" 어린 왕자가 물었다.

"술에 취하면 뭐든 두 개로 보이니까 말이다. 그렇게 되면 지리학자는 하나밖에 없는 산을 두 개로 기록하고 말겠지."

"저도 그런 사람을 한 명 알고 있어요." 어린 왕자가 말했다. "그라면 형편없는 탐험가가 되겠군요."

"그럴 수도 있겠지. 일단 탐험가가 도덕적으로 문제가 없다고 입증되면 그가 발견한 내용을 조사하게 돼."

"그럼 직접 그 현장에 가서 확인하는 건가요?"

"그렇지 않아. 그건 너무 성가시다고. 대신 발견한 내용에 대한 증거를 수집해 오도록 탐험가에게 요청하는 거지. 가령 그가 거대한 산을 발견했다면 그 산에 있는 커다란 돌 같은 걸 가져오라고 하는 거야."

별안간 지리학자가 잔뜩 흥분하더니 말했다.

"그런데 너도… 너도 아주 멀리서 왔잖니! 너야말로 탐험가로구나! 어서 네 별에 대해 말해 주렴!"

말을 마친 지리학자는 커다란 기록부를 펼치고 연필을 깎았다. 탐험가들이 들려주는 이야기는 우선 연필로 적어둬야 했다. 그러다 탐험가가 제대로 된 증거를 제시하면 잉크를 사용해 정식으로 기록하는 것이었다.

"그래서? 네 별은 어떤 곳이니?" 지리학자는 기대에 찬 목소리로 재촉했다.

"아, 제가 사는 곳은요." 어린 왕자가 입을 열었다. "뭐, 그렇게 재미있는 별은 아니에요. 뭐든 다 작은 별이니까요. 화산은 세 개랍니다. 활화산 두 개랑 휴화산 하나가 있지요. 휴화산이라 해도 앞으로 어떻게 될진 누구도 모를 일이죠."

"모를 일이지." 지리학자가 말했다.

"꽃도 한 송이 있어요."

"꽃은 기록하지 않는 법이다." 지리학자가 말했다.

"왜요? 꽃이야말로 제 별에서 제일 아름다운걸요!"

"꽃은 기록하지 않아." 지리학자가 재차 말했다. "덧없는 존재이기 때문이지."

"'덧없다'는 게 무슨 말이에요?"

"지리학 책이란 건 말이야." 지리학자가 말했다. "다른 모든 책 중에서도 가장 중요하단다. 절대 유행을 타지 않는 내용을 담고 있거든. 산이 위치를 바꾸는 일은 거의 없지. 바다의 물이 말라 바닥을 드러낼 일도 없고 말이야. 그러니까 지리학은 영원한 대상에 대한 내용을 논하는 셈이지."

"하지만 휴화산도 다시 끓어오를 수 있잖아요." 어린 왕자가 끼어들며 말했다. "'덧없다'는 건 무슨 말이에요?"

"휴화산이든 활화산이든 지리학자의 입장에선 크게 다르지 않아." 지리학자가 말했다. "우리에게 중요한 건 바로 산이라고. 산은 바뀌지 않으니까."

"그런데 '덧없다'는 건 대체 무슨 말이에요?" 한 번 던진 질문은 결코 단념하지 않는 어린 왕자가 재차 물었다.

"그건 말이다. '언제든 금방 사라질 수 있다'는 말이야."

"그럼 제 꽃도 언제든 금방 사라질 수 있는 건가요?"

"그럼, 당연하지."

"내 꽃은 덧없구나." 어린 왕자는 홀로 되뇌었다. "게다가 그 꽃은 겨우 가시 네 개로 세상에 맞서고 있어. 난 그런 꽃을 혼자 내버려 두고 별을 떠나왔구나!"

어린 왕자가 난생처음 후회란 걸 한 순간이었다. 하지만 그는 한 번 더 용기를 냈다.

"이제 어느 별에 가보면 좋을까요?" 어린 왕자가 물었다.

"지구에 가 보거라." 지리학자가 대답했다. "꽤 괜찮은 별이라고 하더구나."

어린 왕자는 자신의 꽃을 떠올리며 길을 떠났다.

# 16

그리하여 어린 왕자가 찾은 일곱 번째 별은 바로 지구였다.

지구는 그저 그런 흔해빠진 별이 아니다! 그곳엔 111명(물론 흑인 왕들도 포함된 숫자다)의 왕과 7천 명의 지리학자, 90만 명의 사업가, 750만 명의 술고래, 3억 1천 1백만 명의 잘난 척하는 사람이, 그러니까 대략 20억 명의 어른들이 살고 있다.

지구의 크기를 설명하기에 앞서 이 점을 일러주고자 한다. 전기가 발명되기 전 지구에 자리한 6개 대륙에는 가로등을 켜는 점등원만 462,511명으로 그야말로 한 부대를 이룰 만한 숫자였다.

조금 거리를 두고 관찰해 보면 멋들어진 장관을 목격할 수 있다. 한 부대를 이룰만한 규모의 이 점등원들은 오페라의 발레단이라도 된 양 절도 있는 움직임을 선보인다. 제일 먼저 뉴질랜드와 호주의 점등원들이 임무를 수행한다. 그들은 가로등을 켜고 나서 잠을 청한다. 그리고 나면 중국과 시베리아의 점등원들이 맡은 파트의 춤을 선보이고는 무대 뒤쪽으로 물러난다. 이후

러시아와 인도의 점등원들의 차례가 오고, 그다음엔 아프리카와 유럽, 다음엔 남아메리카와 북아메리카의 점등원들이 움직인다. 무대에 오르는 순서에 오류가 발생하는 일은 결코 없다. 정말이지 멋진 공연이 아닐 수 없다.

그런데 이들과 달리 부지런히 일하지 않아도 되는 단 두 사람이 있다. 바로 북극과 남극에 하나씩 있는 가로등을 맡은 점등원들이다. 이 둘은 일 년에 두 번만 일을 한다.

# 17

누구든 재치 있게 말하려다 보면 이따금씩 사실과 조금 동떨어진 이야기가 튀어나오기도 한다. 나 역시 점등원에 관한 내용을 전달하는 과정에서 전적으로 정직하진 못했다. 우리 별을 모르는 사람에게 그릇된 생각을 심어줬을 가능성도 있다. 알고 보면 인간이 지구상에서 차지하는 공간은 극히 적다. 만약 20억에 달하는 지구인들을 대규모 공공 집회에서 열을 맞추듯 다소 비좁게 붙어 서 있게 한다고 치자. 그러면 그들은 가로세로 2만 마일의 광장에 어렵지 않게 들어설 수 있을 것이다. 서로 차곡차곡 포갠다면 인류는 태평양의 어느 작은 섬 하나에도 수용될 수 있다.

이렇게 설명한다 해도 어른들이라면 틀림없이 믿지 않을 것이다. 그들은 자신들이 상당히 넓은 공간을 차지하며 살아간다고 여기니까 말이다. 그러니 어쩌면 어른들이 손수 계산하도록 맡겨야 할지도 모르겠다. 숫자를 사랑해 마지않는 그들은 분명 기뻐할 것이다. 하지만 여러분은 굳이 이런 일에 시간을 할애하지 말기 바란다. 그야말로 불필요한 일이니까. 내 말을 믿어도 좋다.

지구에 도착한 어린 왕자는 사람이라곤 전혀 보이지 않았기에 그만 놀라고 말았다. 그래서 별을 잘못 찾아온 게 아닌지 염려하던 차에 금빛 고리 모양을 하고 달빛과 같은 색을 지닌 무언가가 모래 위를 휙 하고 가로지르는 게 보였다.

"안녕." 어린 왕자가 다정하게 말을 건넸다.

"안녕." 뱀이 말했다.

"내가 도착한 여긴 어느 별이야?" 어린 왕자가 질문을 던졌다.

"여긴 지구야. 아프리카지." 뱀이 대답했다.

"아, 그렇구나! 그런데 지구엔 사람이 살지 않는 거니?"

"여기가 사막이라서 그래. 사막엔 사람이 살지 않아. 그리고 지구는 아주 큰 별이란다." 뱀이 말했다.

어린 왕자는 바위에 앉아 하늘을 올려다보았다.

"있잖아." 그가 말했다. "별들이 저렇게 반짝이며 하늘에 떠 있는 건 언젠가 우리 각자가 자신의 별을 다시 찾아갈 수 있게 하려고 그런 걸까…. 저기 내 별을 좀 봐. 바로 우리 위에 있잖아. 그래도 내 별까지 가려면 얼마나 먼지 몰라!"

"아름다운 별이구나." 뱀이 말했다. "그럼 어쩌다 여기까지 오게 된 거야?"

"꽃이랑 갈등이 좀 있었어." 어린 왕자가 말했다.

"아, 그런 거구나!" 뱀이 말했다.

둘은 잠시 말이 없었다.

"사람들은 어디 있는 거야?" 마침내 어린 왕자가 다시금 입을 열었다. "사막은 좀 쓸쓸한 것 같아서 말이야…."

"사람들이랑 같이 있어도 쓸쓸하긴 마찬가지야." 뱀이 말했다.

어린 왕자는 한참 동안 뱀을 응시했다.

"넌 정말이지 재미있는 동물이구나." 그가 말했다. "겨우 손가

락 굵기만 하면서 말이지…."

"그래도 왕의 손가락보다 내가 더 셀걸." 뱀이 말했다.

어린 왕자의 얼굴에 미소가 어렸다.

"넌 그렇게 세지 않아. 발도 없으면서. 여행을 다닐 수도 없잖아…."

"난 그 어떤 배보다 먼 곳까지 널 데려갈 수 있어." 뱀이 말했다.

뱀은 금빛 발찌라도 되는 양 어린 왕자의 발목을 휘감았다.

"내 몸에 닿으면 누구든 흙으로 되돌아가게 된단다." 뱀이 다시 말을 이었다. "하지만 넌 순수하고 진실한데다 머나먼 별에서 왔으니까…."

어린 왕자는 아무런 대답이 없었다.

"넌 너무 가엾구나. 화강암으로 이루어진 이 지구에 발을 딛고 있는 넌 한없이 연약할 따름이니까." 뱀이 말했다. "난 널 도와줄 수 있어. 언젠가 네가 고향별을 너무 그리워하게 된다면 말이야. 그땐 내가…."

"아, 그래! 무슨 말인지 잘 알겠어." 어린 왕자가 입을 열었다. "그런데 넌 어째서 계속 수수께끼 같은 이야기만 늘어놓는 거니?"

"난 수수께끼를 죄다 풀 수 있거든." 뱀이 말했다.

둘은 말이 없었다.

# 18

어린 왕자는 사막을 가로질렀지만, 마주친 건 겨우 꽃 한 송이뿐이었다. 세 장의 꽃잎으로 이루어진 특별할 것도 없는 꽃이었다.

"안녕." 어린 왕자가 말했다.

"안녕." 꽃이 그의 인사를 받았다.

"사람들이 어디 있는지 아니?" 어린 왕자가 정중하게 물었다.

꽃은 언젠가 대상隊商이 지나가는 걸 본 적이 있었다.

"사람들 말이야?" 꽃이 입을 열었다. "아마 예닐곱 명쯤 될 거야. 몇 년 전에 봤었지. 하지만 그들이 어디로 간 건진 아무도 몰라. 바람이 어디론가 실어 날랐겠지. 뿌리도 없이 정처 없이 다니니까 그들의 삶도 꽤나 힘들 거야."

"그럼 잘 있어." 어린 왕자가 말했다.

"잘 가렴." 꽃이 말했다.

# 19

그러고 나서 어린 왕자는 높은 산에 올랐다. 여태 그가 아는 산이라곤 자신의 무릎 높이밖에 되지 않는 화산 세 개가 전부였다. 그는 휴화산을 발을 얹고 쉬는 발 받침으로 사용했다. '이 만큼 높은 산이라면 여기선 이 별 전부랑 사람들을 한눈에 볼 수 있겠지…'

어린 왕자는 생각에 잠겼다. 하지만 그의 눈에 들어온 건 바늘처럼 뾰족한 산꼭대기들뿐이었다.

"안녕." 어린 왕자가 깍듯이 인사했다.

"안녕… 안녕… 안녕." 메아리가 답해왔다.

"넌 누구니?" 어린 왕자가 물었다.

"넌 누구니… 넌 누구니… 넌 누구니…" 메아리가 답해왔다.

"나랑 친구 하자. 난 정말 혼자거든." 그가 말했다.

"난 정말 혼자거든… 난 정말 혼자거든… 난 정말 혼자거든…" 메아리가 답해왔다.

'진짜 이상한 별이구나!' 어린 왕자가 생각했다. '여긴 너무 메

마르고 뾰족하고 거칠고 험하잖아. 게다가 사람들은 상상력이라곤 없어. 말을 건네면 그대로 따라 하기만 하고… 내 별엔 꽃 한 송이가 있었지. 늘 먼저 말을 건네줬어….'

## 20

어린 왕자는 모래와 바위, 눈보라와 맞닥뜨리며 한참을 걸어간 끝에 드디어 길을 찾아냈다. 모든 길은 사람들이 사는 곳으로 통하게 마련이다.

"안녕." 그가 말했다.

어린 왕자는 장미가 만발한 어느 정원 앞에 서 있었다.

"안녕." 장미들이 말했다.

어린 왕자는 그 꽃들을 가만히 바라보았다. 그들은 전부 어린 왕자의 꽃과 같은 모양을 하고 있었다.

"대체 너흰 누구니?" 너무도 놀란 그가 꽃들에게 물었다.

"우린 장미란다." 장미들이 대답했다.

불현듯 슬픔이 밀려들었다. 어린 왕자의 꽃은 자신이 이 세상에서 유일한 존재라고 말했다. 그런데 여기 이 정원 한 곳에만 족히 오천 송이는 되어 보이는 똑같은 모양의 꽃들이 모여 있지 않은가!

'내 꽃이 이걸 보면 아주 기분 나빠 하겠구나.' 어린 왕자는 생각했다. '이 광경을 본다면… 꽃은 비웃음을 사기 싫어 심하게 기침을 해대다 죽어가는 척까지 하겠지. 그럼 난 꽃을 되살리려 간호하는 시늉을 해야 할 테고. 내가 그렇게라도 하지 않으면 꽃은 정말 죽어버릴지도 몰라….'

어린 왕자는 줄곧 생각에 잠겼다. '세상에 둘도 없는 꽃이 있어서 부자가 된 것만 같았는데, 알고 보니 그냥 보통 장미에 지나지 않았어. 보통 장미 한 송이랑 무릎 높이밖에 안 되는 화산 세 개…. 그나마 그중 하나는 영영 휴화산으로 남아 있을지도 모르고…. 그 정도론 아주 훌륭한 왕자가 될 수 없어….'

그는 풀밭에 엎드린 채 그만 울음을 터뜨렸다.

# 21

그때 어디선가 여우가 나타났다.

"안녕." 여우가 말했다.

"안녕." 어린 왕자는 정중히 대답했지만, 정작 그가 돌아보았을 땐 아무도 보이지 않았다.

"이쪽이야." 인사를 건넨 목소리가 말했다. "여기 사과나무 아래 말이야."

"넌 누구니?" 이렇게 질문을 던진 어린 왕자가 말했다. "아주 예쁘구나."

"난 여우야." 여우가 말했다.

"이리 와서 나랑 놀자." 어린 왕자가 말을 건넸다. "난 너무 우울하거든."

"난 너랑 놀 수 없단다." 여우가 말했다. "난 길들여지지 않았으니까."

"아! 미안해." 어린 왕자가 말했다.

하지만 잠시 생각한 끝에 그는 이렇게 덧붙였다.

"그런데 '길들인다'는 게 대체 무슨 뜻이야?"

"넌 이곳 사람이 아니구나." 여우가 말했다. "뭘 찾아다니는 거야?"

"사람들을 찾아다녀." 어린 왕자가 말했다. "'길들인다'는 건 무슨 뜻이야?"

"사람들은 총을 갖고 다니면서 사냥을 하지. 보통 성가신 게 아냐. 거기다 닭까지 기른단다. 사람들은 이런 일에만 관심을 가지는 것 같아. 너도 닭을 찾고 있니?"

"아니." 어린 왕자가 말했다. "난 친구를 찾고 있어. '길들인다'는 건 무슨 뜻이니?"

"너무 자주 잊고 사는 말이지." 여우가 말했다. "그건 '관계를 맺는다'는 뜻이야."

"관계를 맺는다고?"

"바로 그거야." 여우가 말했다. "지금 내겐 네가 수많은 다른 아이들과 다를 게 없어. 그저 한 남자아이일 따름이지. 난 네가 필요 없다고. 마찬가지로 너 역시 나를 필요로 하지 않아. 너한테 난 그저 다른 많은 여우들과 똑같은 한 마리 여우일 뿐이야. 하지만 일단 네가 나를 길들이게 되면 우린 서로 필요한 사이가 돼. 넌 내게 세상에서 단 하나뿐인 존재가 될 거고, 나 역시 너에게 그런 존재가 되지…."

"무슨 말인지 알 것 같아." 어린 왕자가 말했다. "꽃이 하나 있는데 말이야…. 아무래도 그 꽃도 나를 길들인 것 같구나…."

"그럴 수 있어." 여우가 말했다. "지구에선 별일이 다 벌어지게 마련이니까."

"아, 그런데 이건 지구에서 벌어진 일이 아닌걸!" 어린 왕자가 말했다.

여우는 당황스러워하면서도 아주 궁금해했다.

"다른 별 이야기란 말이야?"

"그래, 다른 별이란다."

"그럼 그 별엔 사냥꾼들이 있니?"

"없어."

"아, 그것참 신기하구나! 닭들은 있고?"

"아니, 닭도 없단다."

"역시 완벽한 별은 없구나." 여우가 한숨지었다.

하지만 여우는 곧 이야기를 계속했다.

"내 삶은 늘 똑같단다. 난 닭을 쫓고 사람들은 나를 쫓아다니지. 닭들은 죄다 똑같이 생겼지만, 마찬가지로 사람들도 다 똑같아. 그러니까 난 좀 지루해. 하지만 네가 나를 길들인다면 내 삶에 한 줄기 햇살이 찾아들겠지. 난 다른 발걸음 소리와는 다른 네 것을 분간해 낼 거야. 다른 사람들의 발걸음 소리가 들리면 난 땅속으로 숨어들겠지. 하지만 네 발걸음 소리는 음악과 같아서 나를 굴 밖으로 불러낼 거라고. 그리고 좀 보라고. 저기 펼쳐진 들판이 보이지? 난 빵을 먹지 않으니까 밀이 필요하지도 않아. 그러니까 밀밭은 내게 아무 의미도 없어. 그래, 안타깝게도 말이야. 그런데 네 머리칼은 금빛을 띠고 있어. 자, 네가 나를 길들이면 얼마나 멋질지 한번 생각해 보라고! 금빛으로 빛나는 밀밭을 바라볼 때마다 네 생각이 나겠지. 어느새 밀밭에서 들려오는 바람 소리마저 좋아하게 될 거고…."

말을 마친 여우는 아주 오랫동안 어린 왕자를 응시했다.

"제발 나를 길들여 주렴!" 여우가 말했다.

"나도 정말 그러고 싶단다." 어린 왕자가 대답했다. "하지만 시간이 없는걸. 친구들도 만들어야 하고 알아가야 할 것들도 너무 많아."

"사람들은 자신이 길들인 것만 제대로 아는 법이야." 여우가 말했다. "사람들은 뭐든 제대로 알아갈 시간이 없는 것 같아. 그래서 이미 다 만들어진 물건들을 상점에서 사지. 하지만 우정을 살 수 있는 가게 따윈 없으니까 더 이상 친구도 못 만드는 거야. 너도 친구를 원한다면 나를 길들여 보렴…."

"그럼 널 길들이려면 어떻게 해야 해?" 어린 왕자가 물었다.

"무엇보다 참을성이 강해야 해." 여우가 대답했다. "그러니까 우선 나랑 조금 떨어져서 지금처럼 풀밭에 앉아 있는 거야. 그럼 난 곁눈질로 널 흘끔흘끔 쳐다보겠지. 그래도 넌 아무 말도 하지 않아야 해. 말 때문에 괜한 오해가 생기는 법이거든. 대신 넌 매일 조금씩 더 내게 가까이 다가와 앉는 거야…."

다음 날 어린 왕자는 다시 여우를 찾아왔다.

"같은 시간에 왔더라면 좋았을걸." 여우가 말했다. "가령 네가 오후 4시에 들른다면 난 3시부터 행복할 거야. 그렇게 시간이 가까워질수록 난 더 행복해져 가겠지. 4시가 된 걸 확인한 나는 어쩔 줄 모른 채 들떠서 가만히 있지 못할 거야. 내가 얼마나 행복한지 너도 단박에 알아차릴걸! 그런데 네가 아무 때고 찾아온다면, 너를 반길 마음의 준비가 언제쯤 될지 알 길이 없어… 그러니까 우린 적절한 형식을 따라야 해…"

"형식이 뭐야?" 어린 왕자가 물었다.

"그것도 흔히들 잊고 사는 거지." 여우가 말했다. "형식은 다른 날들과 다르게, 또 다른 시간들과 다르게 하루를, 그리고 어떤 시간을 특별하게 만든단다. 예를 들어 사냥꾼들에게도 그런 형식이 있어. 그러니까 그들은 목요일마다 마을 아가씨들과 춤을 추는 거야. 자연히 내게 목요일은 너무나 멋진 하루가 되는 거지! 멀리 포도밭까지 느긋하게 산책을 즐길 수 있으니까 말이야. 하지만 사냥꾼들이 형식을 지키지 않고 아무 때나 춤을 춘다면 매일이 똑같아서 난 아예 쉴 틈이 없을 거라고."

그래서 어린 왕자는 결국 여우를 길들였다. 어느덧 그가 떠날 시간이 다가오자 여우는 이렇게 말했다.

"아, 눈물이 날 것 같구나."

"그건 네 탓이야." 어린 왕자가 말했다. "난 네게 해를 끼칠 생각이 없었어. 그런데 넌 길들여지길 바랐고…"

"그래, 그랬지." 여우가 말했다.

"그런데도 넌 지금 울려고 하잖아!" 어린 왕자가 말했다.

"그래, 맞아." 여우가 말했다.

"결국 네게 득이 된 건 하나도 없구나!"

"얻은 것도 있단다." 여우가 말했다. "바로 금빛 밀밭이지." 그리고 여우는 이렇게 덧붙였다.

"어서 가서 장미들을 한 번 더 보렴. 이젠 네 꽃이 세상에 둘도 없는 유일한 꽃이란 사실을 알게 될 테니까. 그다음에 돌아와서 작별 인사를 하라고. 그때 비밀을 알려줄게."

어린 왕자는 걸음을 돌려 장미들을 다시 한 번 보러 갔다.

"너희는 내 장미랑 하나도 닮지 않았어." 어린 왕자가 말했다. "너희는 아직 아무것도 아니야. 너희를 길들인 사람도 없고 너희가 길들인 누군가도 없지. 마치 내가 처음 만났을 때의 여우와 같아. 그는 그저 다른 수많은 여우들 중 한 마리일 뿐이었어. 하지만 이젠 그 여우를 친구 삼았으니 그는 세상에 둘도 없는 존재가 되었다고."

장미들은 당황스러워 어쩔 줄 몰랐다.

"너희는 아름답지만, 속은 공허해." 어린 왕자가 말을 이었다. "너희를 위해 기꺼이 죽을 수 있는 사람도 없잖아. 물론 지나가는 행인은 내 장미가 너희와 똑같다고 여길 거야. 하지만 내게 그 장미 한 송이는 너희 같은 다른 장미들을 죄다 합한 것보다 훨씬 더 중요하다고. 왜냐하면 그 장미는 바로 내가 손수 물을 주고 유리 덮개를 덮어 주고 바람막이로 가려 주고 애벌레를 잡아 준 장미이기 때문이야. 또 그 장미가 투덜거리거나 괜스레 뽐내거나 아니면 이따금씩 아무 말도 안 할 때조차 들어준 것도 바로 나지. 결국 이건 다 그 꽃이 바로 내 장미인 까닭이야."

그러고 나서 어린 왕자는 여우를 만나러 갔다.

"안녕, 잘 있어." 그가 말했다.

"안녕." 여우가 말했다. "그럼 이제 내가 아는 비밀을 알려 줄게. 아주 간단하지. 뭐든 마음으로 봐야 제대로 보이는 법이란다. 제일 중요한 건 눈으로 확인할 수 없어."

"중요한 건 눈으로 확인할 수 없다…." 어린 왕자는 여우의 말을 기억해 두려고 되뇌었다.

"네 장미가 그토록 중요해진 건 네가 그 장미에게 시간을 쏟았기 때문이란다."

"내 장미에게 시간을 쏟았기 때문이야…." 어린 왕자는 여우의 말을 기억해 두려고 되뇌었다.

"사람들은 바로 이 진리를 잊고 말았지." 여우가 말을 이었다. "그래도 넌 잊지 않도록 하렴. 네가 길들인 대상은 영원히 책임져야 한다고. 그러니까 넌 네 장미를 책임져야 해…."

"난 내 장미를 책임져야 해…." 어린 왕자는 여우의 말을 기억해 두려고 되뇌었다.

## 22

"안녕하세요." 어린 왕자가 인사를 건넸다.

"안녕." 철도 전철원이 대답했다.

"여기서 뭐 하세요?" 어린 왕자가 물었다.

"난 여행자들을 분류해. 천 명씩 나눠서 말이야." 전철원이
말을 이었다. "그들이 탄 기차들을 오른쪽이나 왼쪽으로 보낸
단다."

바로 그때 환하게 불을 밝힌 급행열차가 천둥처럼 우르릉대
며 들어왔고, 그 바람에 전철원의 초소까지 뒤흔들렸다.

"사람들이 아주 바빠 보여요." 어린 왕자가 말했다. "뭘 찾
아다니는 거죠?"

"그건 기관사들도 모를 거야." 전철원이 말했다.

곧이어 환하게 불을 밝힌 두 번째 급행열차가 우르릉대며 반
대편에서 들어왔다.

"저들은 벌써 돌아오는 건가요?" 어린 왕자가 물었다.

"이번엔 같은 사람들이 아니란다." 전철원이 말했다. "서로 위

치가 바뀌는 셈이지."

"원래 위치가 만족스럽지 못해서 그렇게 하는 건가요?" 어린 왕자가 물었다.

"현재 위치에 만족하는 사람은 없는 법이지." 전철원이 말했다.

환하게 불을 밝힌 세 번째 급행열차가 우르릉대며 들어오는 소리가 들려왔다.

"그럼 저들은 제일 먼저 출발한 여행자들을 쫓아가는 건가요?" 어린 왕자가 물었다.

"저들이 쫓는 건 없어." 전철원이 말했다. "그저 기차 안에서 잠들거나 하품이나 해대지. 코가 납작해지도록 창유리에 얼굴을 갖다 대고 바깥을 바라보는 건 아이들뿐이란다."

"아이들만이 자신이 원하는 걸 알고 있거든요." 어린 왕자가 말을 이었다. "아이들은 자기들이 시간을 쏟은 헝겊 인형을 아주 소중히 여기죠. 그래서 누군가 그걸 빼앗으면 울음을 터뜨리는 거예요…."

"아이들은 운이 좋은 편이구나." 전철원이 말했다.

# 23

"안녕하세요." 어린 왕자가 말했다.

"안녕." 상인이 말했다.

이 상인은 갈증을 풀어주도록 개발된 알약을 팔고 다녔다. 이 알약을 일주일에 하나씩만 섭취하면 목이 말라 뭐든 마셔야 겠다는 느낌이 사라진다.

"왜 그런 알약을 파는 거예요?" 어린 왕자가 물었다.

"엄청나게 시간을 절약할 수 있거든." 상인이 말했다. "전문가 들이 계산해 봤단다. 이 알약을 먹으면 매주 53분을 절약할 수 있다더구나."

"그렇게 절약한 53분 동안 뭘 할 수 있을까요?"

"뭐든 하고 싶은 걸 하면 되겠지….'

'나라면….' 어린 왕자는 생각했다. '만약에 53분을 마음대로 쓸 수 있다면 맑은 물이 솟아나는 샘터까지 느긋하게 걸어가 볼 테야.'

# 24

사막에서 사고를 당한 지 팔 일째 되던 날 나는 남은 물을 마지막 한 방울까지 털어 넣으며 어린 왕자가 들려주는 상인의 이야기를 들었다.

"아." 나는 어린 왕자에게 말했다. "네 기억 속 이야기들은 참으로 흥미롭구나. 하지만 난 아직 내 비행기도 수리하지 못했어. 이젠 마실 물도 없고. 그래, 나도 맑은 물이 솟는 샘터까지 여유롭게 걸어갈 수 있다면 참 좋을 텐데!"

"내 친구 여우는 말이야…." 어린 왕자가 내게 말했다.

"얘야, 지금 여우가 중요한 게 아니잖아!"

"왜?"

"왜냐하면 난 목이 말라 죽을 판인데다…."

그는 내 설명을 정확히 이해하지 못한 채 대답했다.

"곧 죽는다고 해도 친구가 있다는 건 좋은 거야. 나만 해도 여우가 친구라서 아주 기쁘거든…."

'이 아이는 우리가 처한 상황이 얼마나 위험한지 전혀 모르고

있구나.' 나는 생각했다. '배고픔이나 갈증을 겪어보지 못한 것 같아. 햇빛만 좀 있으면 된다는 건가….'

하지만 그는 동요하지 않고 나를 바라보더니 내 생각을 읽기라도 한 듯 이렇게 대답했다.

"나도 목말라…. 같이 우물을 찾아보자…."

나는 그럴 의욕이 없다는 태도를 보였다. 광활한 사막에서 되는대로 우물을 찾아다닌다는 건 아무래도 말이 안 되니까 말이다. 하지만 결국 우리는 걷기 시작했다.

말없이 몇 시간을 터벅터벅 걷다 보니 어느새 별들이 하나둘 보이기 시작했다. 갈증이 심해 열에 들뜬 나는 꿈이라도 꾸듯 그 별들을 올려다보았다. 문득 어린 왕자의 마지막 말이 머릿속을 어지럽히며 떠올랐다.

"너도 목이 마르단 말이지?" 내가 물었다.

하지만 그는 내 질문에 대답하지 않은 채 이렇게 말할 따름이었다.

"물은 마음에도 좋을 테니까…."

나는 그의 대답을 이해하지 못했지만, 아무 말도 하지 않았다. 그에게 꼬치꼬치 캐물어도 소용없다는 걸 너무도 잘 알았기 때문이다.

어린 왕자는 힘들어 보였다. 그가 털썩 주저앉았다. 나도 그의 옆에 자리하고 앉았다. 잠시 말이 없던 그가 다시 입을 열었다.

"별들이 아름다운 건 보이지 않는 꽃 한 송이 때문이지."

"그래, 그렇지." 대답을 마친 나는 달빛을 받으며 우리 앞에 펼쳐진 모래 산들을 말없이 바라보았다.

"사막은 아름다워." 어린 왕자가 뒤이어 말했다.

그리고 그 말은 사실이었다. 그러고 보니 난 늘 사막이 마음에 들었다. 모래 언덕에 앉아 있노라면 아무것도 보이지 않고 들리지도 않는다. 하지만 그 고요함 속에선 무언가가 요동치고 빛을 발한다….

"사막이 아름다운 건, 어딘가에 우물을 숨기고 있기 때문이야…." 어린 왕자가 말했다.

순간 나는 신비롭게 빛나는 사막의 아름다움을 불현듯 알아차리고는 놀라지 않을 수 없었다. 어릴 적 오래된 집에 살 때였다. 당시 전해 내려오는 말에 따르면 그 집에 보물이 묻혀 있다는 거였다. 물론 누구도 그 보물을 찾을 방도조차 몰랐기에 그걸 찾으려 시도한 사람도 없었을 것이다. 하지만 보물이 있을 거란 생각 자체로 그 집은 마법에 걸린 듯 황홀해 보였다. 우리 집은 깊숙한 곳 어딘가에 비밀을 품고 있었던 것이다….

"그래." 나는 어린 왕자에게 말했다. "집이든 별이든 사막이든 그걸 아름답게 만드는 건 보이지 않는 무언가야!"

"내 친구 여우와 생각이 같다니 정말 기뻐." 그가 말했다.

어느덧 어린 왕자는 잠에 빠져들었고, 나는 그런 그를 안아

들고 다시금 걷기 시작했다. 가슴이 벅차올랐다. 마치 깨지기 쉬운 아주 섬세한 보석을 들고 가는 기분이었다. 그러니까 그보다 더 연약하고 섬세한 존재는 온 지구를 통틀어 존재하지 않을 것만 같았다. 나는 달빛에 비친 그의 창백한 이마와 꼭 감은 두 눈, 바람에 나부끼는 그의 머리칼을 가만히 내려다보며 생각했다.

'이렇게 보이는 건 껍데기에 지나지 않아. 제일 중요한 건 눈으로 볼 수 없지…'

어린 왕자의 입술이 살짝 벌어지고 희미하게 미소가 스치는 듯했다. 나는 다시금 생각에 잠겼다.

'이렇게 잠든 어린 왕자가 깊은 감동을 선사하는 건 한 송이 꽃을 향한 그의 충직함 때문일 거야. 마치 밝혀진 등불처럼 잠들었을 때조차 그라는 존재를 통해 환하게 빛을 발하는 그런 장미일 테지…'

그러고 보니 그는 더욱 깨지기 쉽고 연약해 보였다. 문득 스치는 바람에도 꺼져버릴 등불과 같은 그를 보호해 줘야겠다는 기분이 들었다….

그렇게 걷기를 계속한 나는 동이 틀 때 즈음 우물을 발견했다.

# 25

어린 왕자가 대뜸 입을 열었다. "사람들은 급행열차에 올라타고는 서둘러 어디론가 향하지만, 정작 자신들이 뭘 찾는 건지 모르고 있어. 그렇게 한껏 들떠서는 이리저리 움직이다 같은 자리로 돌아오곤 하지…."

그러고는 이렇게 덧붙였다.

"그러지 않아도 되는데 말이야…."

우리가 찾은 우물은 사하라 사막에서 발견되는 우물들과는 달랐다. 사하라 사막의 우물들은 대개 모래사막을 파낸 구덩이에 불과했다. 그런데 이 우물은 평범한 여느 마을에 있는 우물처럼 보였다. 그곳엔 마을이 있을 리 없었고, 나는 잠시 꿈을 꾸는 것만 같았다….

"참 이상하구나." 나는 어린 왕자에게 말했다. "죄다 쓸 수 있게 준비가 돼 있어. 도르래도 그렇고 두레박에다 밧줄까지 말이야…."

어린 왕자는 잠시 웃는가 싶더니 밧줄을 잡아당겨 도르래를 움직였다. 도르래는 오랫동안 작동하지 않았던 풍향계처럼 삐걱대는 소리를 냈다.

"이 소리 들려?" 어린 왕자가 말했다. "방금 우리가 우물을 깨워서 이렇게 노래를 부르는 거잖아⋯."

나는 그가 밧줄을 당기느라 힘든 게 싫었다.

"내가 하마. 그냥 두렴." 내가 말했다. "네가 끌어올리기엔 너무 무거운 것 같구나."

나는 천천히 두레박을 끌어 올려 우물 가장자리에 두고는 해

냈다는 행복한 피로감에 젖어 들었다. 삐걱대는 도르래 소리가 여전히 귓전을 울리는 가운데 그때까지 일렁이던 우물물 위로 햇빛이 내려앉았다.

"얼른 이 물을 마시고 싶어. 목이 말라." 어린 왕자가 말했다. "물을 마시게 해줘…."

나는 두레박을 들어 올려 그의 입에 대 주었다. 그는 눈을 감은 채 물을 마셨고, 그 장면은 그 어떤 잔치 음식보다 감미로웠다. 그 물은 분명 일반적인 물과는 달랐다. 다디단 그 물은 별빛을 받으며 이어진 걸음들과 도르래의 삐걱대는 소리, 물을 길어 올린 내 팔의 수고로움이 더해져 탄생했던 것이다. 마치 선물과도 같이 그 물은 마음에도 좋은 게 틀림없었다. 어릴 적 크리스마스가 다가오면 트리를 장식한 불빛들과 자정 미사 때 울려 퍼진 음악의 선율, 사람들의 얼굴에 어린 부드러운 미소들 덕분에 크리스마스 선물이 더 빛났던 것처럼 말이다.

어린 왕자가 입을 열었다. "아저씨 별에 사는 사람들은 정원 하나에 장미를 오천 송이나 기르지. 그러고선 그 안에서 자신들이 찾는 걸 발견하지 못해."

"그래, 찾지 못하지." 내가 대답했다.

"우리가 찾는 건 한 송이 장미나 약간의 물만 있어도 구할 수 있는 건데."

"그렇지, 맞는 말이야." 내가 말했다.

어린 왕자는 이렇게 덧붙였다.

"눈으론 아무것도 보지 못해. 마음으로 찾아봐야 해…."

나는 물을 들이켰다. 숨 쉬는 게 한결 수월해졌다. 해가 뜨자 모래사막이 꿀 빛으로 물들었고, 그 빛깔은 내 마음에도 행복을 선사했다. 나는 어찌하여 그토록 고민에 빠져 지냈단 말인가?

"이제 약속을 지킬 차례야." 한 번 더 내 옆으로 다가와 앉은 어린 왕자가 가만히 말을 건넸다.

"무슨 약속 말이니?"

"알잖아…. 양에 씌울 입마개 말이야…. 난 꽃을 책임져야 하니까…."

나는 미리 대충 그려두었던 그림을 주머니에서 꺼냈다. 그림을 본 어린 왕자는 웃음을 터뜨리며 이렇게 말했다.

"바오바브나무들이… 좀 양배추 같아 보여."

"아, 그러니!"

난 내가 그린 바오바브나무가 꽤나 자랑스러웠는데 말이다!

"여우 그림은… 귀가 뿔 같아. 너무 길기도 하고."

그러고 나서 어린 왕자는 다시 한번 웃음을 터뜨렸다.

"그리 공정하지 못한 평이구나, 왕자님." 내가 말했다. "난 바깥에서 본 보아뱀과 보아뱀의 뱃속 말고는 그릴 줄 아는 게 없단다."

"아, 그런 거라면 괜찮아." 어린 왕자가 말했다. "어린아이들은 다 알아볼 수 있으니까 말이야."

나는 곧장 연필로 입마개를 그렸다. 그에게 입마개 그림을 건네줄 땐 가슴이 아려왔다.

"내가 모르는 계획이 있는 게로구나." 내가 말했다.

하지만 그는 대답이 없었고, 대신 이렇게 말했다.

"있잖아…. 지구에 내려온 게… 내일이면 1년이야."

그는 잠시 조용하더니 말을 이었다.

"여기서 아주 가까운 곳으로 떨어졌어."

어린 왕자가 발갛게 얼굴을 붉혔다.

이유를 알 수 없었지만, 다시금 표현할 수 없는 기이한 슬픔이 찾아들었다. 문득 질문하고 싶은 게 한 가지 더 떠올랐다.

"그럼 일주일 전 널 처음 만난 그날 아침에 사람들이 사는 곳에서 수천 마일 떨어져 홀로 그렇게 걷고 있었던 게 그저 우연이 아니란 말이야? 네가 떨어진 장소로 되돌아가고 있었던 거야?"

어린 왕자는 다시금 얼굴을 붉혔다.

나는 약간 망설이며 이렇게 덧붙였다.

"지구에 온 지 1년째 되던 날이어서 그랬던 거고?"

어린 왕자는 한 번 더 얼굴을 붉혀 보였다. 그는 내 질문에 답하지 않았다. 하지만… 한 번이라도 얼굴을 붉혔다는 건 '그렇다'는 긍정의 의미가 아닐까?

"아아…." 내가 말문을 열었다. "조금 두려워지는구나…."

하지만 어린 왕자는 내 말을 가로막으며 이렇게 말했다.

"이제 일하러 가 봐야지. 돌아가서 엔진을 고쳐야 하잖아. 난 여기서 아저씨를 기다리고 있을게. 내일 저녁에 다시 와 줘…."

왠지 안심이 되지 않았다. 문득 여우 이야기가 떠올랐다. 길들여지면 눈물이 좀 나는 것 정도는 감수해야 한다….

# 26

　우물 옆에는 무너지다 남은 오래된 돌담이 있었다. 다음 날 저녁 일을 마치고 돌아오다 보니 저 멀리 돌담 위에 앉아 발을 흔들어대는 어린 왕자가 눈에 들어왔다. 그는 이렇게 말하던 중이었다.

　"기억을 못 하는구나. 여긴 정확한 지점이 아니라고."

　다른 누군가가 답이라도 한 듯 다시 그가 대답했다.

　"그래, 그렇다고! 오늘이 맞긴 한데, 여기가 아냐."

　나는 돌담을 향해 걸음을 재촉했다. 누군가 보이거나 어떤 목소리가 들려오는 일은 없었다. 그런데 어린 왕자는 거듭 대답하는 중이었다.

　"… 그래, 맞아. 모래 위에 난 내 발자국이 어디서부터 시작된 건지 보일 거야. 넌 그냥 거기서 기다리면 돼. 오늘 밤에 거기로 갈게."

　돌담과의 거리는 고작 20미터였지만, 아무것도 보이지 않기는 마찬가지였다.

잠시 말이 없던 어린 왕자가 다시 입을 열었다.

"네 독은 괜찮은 편이야? 너무 오래 아파하지 않아도 되는 거 맞지?"

그 자리에 얼어붙은 나는 가슴이 찢기는 것만 같았지만, 여전히 무슨 상황인지 파악할 수 없었다.

"자, 이제 가 봐." 어린 왕자가 말했다. "그만 내려갈래."

그 순간 돌담 아래쪽을 쳐다본 나는 그만 뛸 듯이 놀라고 말았다. 그곳엔 단 30초면 사람의 목숨을 앗아갈 수 있는 노란색

뱀 한 마리가 어린 왕자와 마주하고 있었던 것이다. 나는 권총을 찾아 정신없이 주머니 속을 휘저으며 내달렸다. 하지만 인기척을 감지한 뱀은 마치 잦아드는 분수의 물줄기처럼 모래사막을 매끄럽게 가로지르며 멀어져 갔다. 서두르는 기색 하나 없이 그렇게 멀어져 간 뱀은 가벼운 쇳소리를 내며 돌들 사이로 모습을 감췄다.

나는 때맞춰 돌담에 이르러 어린 왕자를 품에 안았다. 그의 얼굴이 새하얀 눈처럼 창백해졌다.

"이게 무슨 일이야?" 내가 추궁했다. "대체 왜 뱀이랑 이야기를 하고 그래?"

나는 그가 늘 두르고 다니던 금빛 목도리를 느슨하게 해 주고 관자놀이를 닦아준 뒤 물을 좀 마시게 했다. 더 이상 어떤 질문도 하지 못할 것 같았다. 그는 정색하고 나를 쳐다보며 내 목에 팔을 둘렀다. 누군가의 총에 맞아 죽어가는 새의 그것처럼 그의 심장이 팔딱였다….

"엔진에 문제가 뭔지 알아내서 다행이야." 그가 말을 이었다. "아저씬 이제 집으로 돌아갈 수 있어…."

"그걸 어떻게 알아?"

기대 이상으로 일이 잘 풀려 비행기 수리를 마쳤다고 그에게 말할 참이었던 것이다.

그는 내 질문에 대답하지 않고 이렇게 말했다.

"나도 오늘 집으로 돌아가…."

그러고는 슬프다는 듯 이렇게 덧붙였다.

"하지만 훨씬 더 먼데다… 엄청 힘이 들지…."

뭔가 놀라운 일이 벌어지고 있음이 틀림없었다. 나는 아주 어린아이라도 되는 양 그를 꼭 안았다. 하지만 그는 미처 막을 새도 없이 끝없는 심연으로 추락하는 것만 같았다….

그는 깊은 생각에 빠진 사람처럼 아주 심각한 표정을 하고 있었다.

"내겐 아저씨가 그려 준 양이 있어. 양이 들어갈 상자도 있지. 거기다 입마개까지…."

그러더니 그는 슬픈 미소를 지었다.

나는 한동안 잠자코 기다렸다. 조금씩이나마 그가 되살아나는 것 같았다.

"애야." 내가 말을 건넸다. "무서워서 그런 거니…."

그는 틀림없이 두려워하고 있었지만, 그래도 가볍게 웃음을 터뜨렸다.

"내일 저녁이면 훨씬 더 무서워질 텐데 뭘…."

어쩐지 돌이킬 수 없을 거란 기분이 엄습한 까닭에 또 한 번 몸이 얼어붙는 것만 같았다. 어린 왕자의 웃음소리를 더 이상 듣지 못할 거란 생각을 할 때면 견딜 수가 없었다. 내게 그의 웃음소리는 사막에서 마주친 맑은 샘물과 같았다.

"얘야." 내가 말했다. "네가 웃는 소릴 다시 듣고 싶구나."

하지만 그는 내게 이렇게 말했다.

"오늘밤이면 1년이야…. 그럼 1년 전 내가 떨어진 곳 바로 위로 내가 살던 별을 볼 수 있어…."

"얘야." 내가 입을 열었다. "이 모든 게 그저 나쁜 꿈이라고 말해 보렴…. 뱀이랑 우리가 만난 지점, 그리고 네 별까지 전부 말이야…."

하지만 어린 왕자는 내가 애원하는 소리에는 아랑곳하지 않고 이렇게 말했다.

"중요한 건 눈에 보이지 않는 거라고…."

"그래, 알아…."

"꽃이랑 같은 이치야. 어느 별에 있는 꽃 한 송이를 사랑한다면 밤에 하늘을 올려다볼 때마다 기분이 좋아지겠지. 어느 별에나 꽃들이 피어 있을 테니까 말이야…."

"그래, 맞아…."

"물도 그래. 아저씨가 도르래랑 밧줄로 내게 길어 올려 준 물은 마치 음악과 같았어. 아저씨도 기억할 거야…. 그 물이 얼마나 시원했는지."

"그래, 그랬지…."

"밤이 되면 별들을 바라보게 될 거야. 내가 사는 곳에선 전부들 너무 작아서 내 별을 보여줄 수도 없어. 그러니까 아저씨가 그

렇게 별을 바라보는 편이 더 나을 거야. 아저씨가 보기엔 내 별
도 수많은 별들 중 하나겠지. 그래서 하늘에 떠 있는 모든 별들
을 보는 게 좋아질 거야…. 그 별들이 친구가 되어 줄 거고. 참,
그리고 선물이 있어…."

그가 다시 웃음을 터뜨렸다.

"아, 얘야, 내 작은 왕자님! 난 네 웃음소리가 얼마나 좋은지
몰라!"

"그게 내 선물이야. 바로 그거라고. 우리가 마신 물처럼 말이
지…."

"무슨 말을 하는 거니, 얘야?"

"별은 누구에게나 보이는 거지만 사람에 따라서 다르게 보이
게 마련이야. 여행자들에게 별은 방향을 가리키는 지표가 되고,
어떤 이들에겐 그저 하늘에 떠 있는 자그마한 빛일 따름이지. 학
자들에게 별은 연구해야 할 과제지만, 사업가에겐 부의 원천이
야. 하지만 어쨌든 이런 별들은 모두 말이 없어. 아저씬 누구도
갖지 못한 별을 가지게 될 거야…."

"그러니까 그게 무슨 말이니?"

"수많은 별들 중 어딘가엔 내가 살고 있어. 그 별에서 난 웃고
있겠지. 그러니까 아저씨가 밤에 하늘을 올려다볼 때면 모든 별
들이 죄다 웃고 있을 거잖아…. 아저씨만 웃는 별을 갖게 되는
거라고!"

말을 마친 그는 다시금 웃음을 터뜨렸다.

"슬픈 마음이 진정되면 (시간은 어떤 슬픔이라도 달래 주게 마련이니까) 나를 알게 돼서 흐뭇해질 거야. 아저씬 늘 내 친구로 남아 있을 거니까. 늘 나랑 함께 웃고 싶어지겠지. 그럴 때면 이따금씩 창문을 열어젖히기도 할 거고…. 아마 아저씨 친구들은 하늘을 쳐다보면서 웃는 아저씰 보고 깜짝 놀라겠지! 아저씬 친구들에게 말할 테지. '그래, 별들은 항상 나를 웃게 해!' 그럼 그들은 아저씨가 미쳐버렸다고 생각할 거야. 그러니까 이건 아저씨를 놀리고 싶어서 내가 쳐 본 유치한 장난일 수도 있어…."

그는 재차 웃음을 터뜨렸다.

"난 내 별을 알려주는 대신에 웃을 줄 아는 작은 종들을 엄청나게 많이 아저씨한테 선사한 거라고…."

또 한 번 웃고 난 그는 이내 진지한 말투로 이야기했다.

"오늘 밤엔… 오지 마, 아저씨."

"널 떠나지 않을게." 내가 말했다.

"내가 아파 보일 수도 있어. 어쩌면 죽어가는 것처럼 보일지도 몰라. 원래 그런 거니까. 그러니까 그런 나를 보러 오진 마. 그러지 않아도 돼…."

"널 떠나지 않아."

하지만 그는 염려하는 듯 말했다.

"있잖아…. 그건 뱀 때문이기도 해. 뱀이 아저씨를 물면 안 되니까. 뱀들이란 심술궂어서, 이 뱀도 그냥 한 번 재미로 아저씰 물어버릴 수 있다고….”

“난 여기 있단다.”

하지만 그는 별안간 뭔가가 떠올라 안심하는 기색이었다.

“그래, 두 번째 물 땐 더 이상 독이 없으니까….”


그날 밤 나는 그가 길을 떠나는 걸 보지 못했다. 그는 조용히 사라졌다. 마침내 내가 따라잡았을 때 그는 재빠르면서도 결연한 걸음걸이로 나아가는 중이었다. 그는 나를 보고서도 이렇게 말할 따름이었다.

“아! 아저씨도 왔구나….”

그러고 나서 그는 내 손을 잡았지만 염려하는 건 여전했다.

“이렇게 오는 게 아니었어. 고통스러울 테니까. 내가 죽은 것처럼 보일 거라고. 진짜로 그런 건 아니겠지만….”

나는 아무런 말도 하지 않았다.

“아저씬 알잖아…. 거긴 너무 멀어. 이 몸을 가지고는 갈 수 없어. 몸이 너무 무거워.”

나는 여전히 말이 없었다.

“하지만 몸이란 건 버려진 낡은 껍데기 같은 거야. 낡은 껍데기가 슬플 리 없잖아….”

아무런 말도 내뱉을 수 없었다.

그는 조금 의기소침해 보였다. 그래도 그는 한 번 더 입을 열었다.

"있잖아, 그건 정말 멋진 일일 거야. 나도 별을 바라보는 거야. 모든 별엔 녹슨 도르래가 달린 우물이 있을 테니까. 그러니까 모든 별들이 내가 마실 맑은 물을 따라 주겠지….."

나는 침묵했다.

"그거 정말 재밌겠다! 아저씬 작은 종을 5억 개나 갖는 거고 난 맑은 물이 나오는 샘을 5억 개나 갖게 되는 거잖아….."

이번에는 그 역시 아무 말도 하지 않았다. 그도 울고 있었기에….

"바로 여기야. 이제 혼자 갈게."

그가 풀썩 주저앉았다. 무서웠기 때문이리라. 그러다 그는 다시 말문을 열었다.

"있잖아….. 내 꽃 말이야….. 난 꽃을 책임져야 해. 꽃은 너무 약하니까! 게다가 대책 없이 순수하지! 아무짝에도 쓸모없는 가시 네 개로 세상에 맞서려 해….."

더 이상 서 있을 수 없을 것 같았기에 결국 나도 그를 따라 앉았다.

"이제 다 왔어….. 이게 다야….."

그는 여전히 조금 망설이다가 몸을 일으켰다. 그러고는 한 발짝 걸음을 내디뎠다. 나는 꼼짝할 수 없었다.

그의 발목 근처로 노란빛이 잠시 반짝인 것 말고 다른 일은
벌어지지 않았다. 그는 잠깐 미동도 없이 서 있었다. 외마디 비명
한 번 지르지 않고서 말이다. 그는 그저 한 그루 나무가 넘어지
듯 천천히 쓰러졌다. 부드러운 모래 덕택에 아무런 소리도 나지
않았다.

# 27

　.

그러고 나서 벌써 6년이 흐른 것이다…. 이 이야기는 여태 누구에게도 털어놓은 적이 없다. 무사히 돌아온 나를 만난 친구들은 내가 살아 있다는 사실을 확인하고 아주 흐뭇해했다. 나는 슬픔에 잠겨 있었지만, 그저 이렇게 말할 따름이었다. "좀 피곤하군."

이제 내 슬픈 마음은 조금 진정되었다. 다시 말해 슬픔에서 완전히 벗어나진 못했다는 뜻이다. 하지만 적어도 나는 어린 왕자가 자신의 행성으로 돌아갔다는 건 알고 있다. 날이 밝은 후에도 그의 몸은 어디에서도 보이지 않았으니 말이다. 따지고 보면 그다지 무거운 몸도 아니었으니까…. 밤이 되면 나는 별들의 소리를 즐겨 듣는다. 그건 5억 개의 작은 종들이 자아내는 울림을 연상케 한다….

그런데 문득 한 가지 신기한 사실이 떠올랐는데 말이다…. 어린 왕자에게 입마개를 그려줬을 때 거기에 가죽끈까지 달아준다는 걸 그만 깜빡한 것이다. 그러니까 그는 양에게 입마개를 씌워 고정시켜둘 수 없을 터였다. 나는 요즘에서야 이따금씩 궁금해지곤 한다. 그의 별은 어떤 상태일까? 과연 양이 그의 꽃을 먹어 치워 버렸을까….

어느 순간엔 이런 생각도 든다. '물론 그렇지 않아! 어린 왕자는 매일 밤 꽃에 유리 덮개를 씌워 주고 아주 주의 깊게 양을 지켜보니까 말이야….' 이렇게 생각하면 이내 기분이 좋아지곤 한다. 더불어 별들의 웃음소리도 감미롭게 들려오는 듯하다.

하지만 또 어떨 때는 이렇게 생각하기도 한다. '사람이라면 한 번쯤 깜빡할 때가 있잖아. 아, 그럼 그걸로 끝인데! 어느 날 밤 유리 덮개 씌우는 걸 잊기라도 한다면, 아니면 양이 한밤중에 소리도 없이 탈출해 버린다면….' 그런 생각에 휩싸일 때면 작은 종들이 죄다 눈물로 바뀌고 마는 거였다….

이거야말로 신비롭기 그지없는 일이다. 그러니까 어린 왕자를 사랑해 마지않는 여러분들이나 나로서는 한 번도 보지 못한 양 한 마리가 어디선가 장미 한 송이를 먹어 치웠냐 아니냐에 따라 온 우주가 달라질 수 있으니까….

하늘을 한 번 올려다보라. 그리고 자신에게 질문해 보길. 과연 양은 꽃을 먹어버렸을까 아닐까? 대답에 따라 모든 게 달라지고 말 테니….

이 사실이 이렇게나 중요한 문제란 걸 어른들은 영영 알아차리지 못할 것이다!

이 그림은 세상에서 가장 아름답고도 슬픈 풍경이다. 이전에 소개한 것과 같은 그림이지만 더욱 기억에 남도록 이렇게 한 번 더 그려 본다. 바로 이 지점이 어린 왕자가 지구로 떨어졌다가 사라진 곳이다.

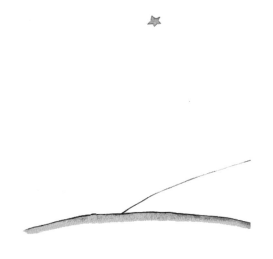

자세히 봐 뒀다가 언젠가 아프리카의 사막을 여행하게 된다면 이 지점을 제대로 알아봐 주길 바란다. 바로 이 지점에 당도한다면 절대 서둘러 지나치지 말길. 그리고 별이 떠 있는 곳 바로 아래에서 잠시 기다려 보라. 만약 잘 웃고 금빛 머리칼을 지녔으며 질문에 대답하지 않는 어린아이와 마주친다면 그가 누구인지 여러분은 알 것이다. 그런 일이 있었다면 부디 나를 안심시켜 달라. 어린 왕자가 돌아왔노라고 내게 편지라도 보내주길.

## 작가 연보

1900년 6월 29일, 프랑스 남서부 도시 리옹에서 귀족인 아버지 장 드 생텍쥐
       페리 백작과 음악가이자 화가인 어머니 마리 드 퐁스콜롱브의 5남
       매 중 셋째로 태어나다.

1904년 아버지가 갑자기 뇌출혈로 사망하여 뷔제 지방에 있는 숙모의 성채
       와 바르 지방에 있는 외할머니의 성채를 오가며 생활하다.

1910년 새처럼 하늘을 날고 싶다는 열망으로 '하늘을 나는 기계'를 고안하
       여 목수의 도움을 받아 '돛 달린 자전거'를 만들었으나, 구덩이에 처
       박히는 결과로 끝나다.

1912년 앙베리외 비행장을 찾아가 조종사에게 '어머니에게 허락을 받았다'
       는 거짓말을 하고 생애 처음 비행기를 타다.

1917년 대학 입학 자격시험에 합격하다. 학교 기숙사에서 함께 지내던 동생
       프랑수아가 심낭염으로 사망하고, 이 일로 큰 상처를 받다. 해군사
       관학교에 들어가기 위해 준비하다.

1919년 해군사관학교의 필기시험은 합격했으나, 면접에서 낙방하고 건축과
       로 진학하다. 차츰 문학을 진지하게 받아들이면서 어머니의 사촌의
       도움으로 파리문단에 발을 들이다. 첫사랑인 루이즈 드 빌모랭을 만
       나다.

| 1921년 | 입대할 나이가 되자 4월에 공군에 지원, 스트라스부르그 노이호프에 있는 제2비행여단에 배속되다. 그러나 공군조종사가 되기 위해 필요한 민간자격증이 없어서 활주로 정비 등 지상근무에 배치되자, 어머니가 보내주는 돈으로 민간자격증을 취득하여 6월, 모로코 카사블랑카 제37전투연대 조종사가 되다. |
|---|---|
| 1922년 | 2월, 소위로 임관한 후, 카사블랑카를 떠나 제33비행연대 정찰부대로 가다. |
| 1923년 | 비행기 추락으로 두개골 골절상을 입다. 루이즈와 약혼하고, 그녀 가족들이 조종사라는 위험한 직업을 반대하자 예비역 소위로 제대하고 파리에서 회계사로 취직하지만, 결국 루이즈와 파혼하다. |
| 1924년 | 소레 자동차 회사로 직장을 옮겨서 트럭 세일즈맨으로 근무하다. 지방 출장의 외로움을 습작으로 달래다. |
| 1926년 | 잡지 《나비르 다르장》에 《남방 우편기》의 초고격인 단편소설 〈비행사〉를 발표하다. 툴루즈로 가서 라테코에르 항공사에 입사하다. |
| 1927년 | 6개월간 툴루즈-카사블랑카-다카르 정기노선을 누비다. 이때 카사블랑카-다카르 사이를 날다가 비행기 부품인 크랭크암이 부러져서 사막에 불시착, 밤새 두려움에 떨며 구조를 기다리다. 10월, 모로코 남부의 기항지 캅쥐비(스페인령 사하라 사막)의 책임자로 파견되다. 주업무는 불시착하여 원주민들에게 납치된 조종사들을 구조하는 일이었는데, 외출도 자유롭지 않고 비행기도 주 1회밖에 오지 않는 고독한 사막에서 18개월간 지내면서 협상을 위한 아랍어를 공부하며, 《남방 우편기》를 쓰다. |
| 1929년 | 《남방 우편기》를 발표하다. 9월, 부에노스아이레스의 '아에로포스탈 아르헨티나'에 파타고니아 노선의 개발과장으로 발령받아 신항로 개척에 임하다. 외로움과 권태로움에 힘겨워하며 틈틈이 《야간비행》을 쓰다. |
| 1930년 | 민간항공 부문의 공로를 인정받아 레지옹 도뇌르 훈장을 받다. 아르 |

헨티나를 떠나기 몇 주 전, 미망인 콘수엘로 고메즈 카릴로를 만나고 그녀에게 청혼하다.

1931년  가족들의 반대를 무릅쓰고 콘수엘로와 결혼하다. 10월, 앙드레 지드가 서문을 쓴《야간비행》을 출간하고, 페미나상을 받으며 여러 나라로 번역 출간 및 영화화되다.

1933년  프랑스가 모든 항공사를 통합해서 '에어프랑스'를 창립하자, 입사하려 했으나 실패하다.《야간비행》이 미국에서 당대 최고의 배우 클라크 게이블 주연으로 제작되다.

1934년  에어프랑스 홍보실에 입사하다.《남방 우편기》의 시나리오를 쓰고 직접 조종사 역할로 출연하다.

1935년  《파리 수와르》의 특파원으로 모스크바에 체류하며 탐방기사를 쓰다. 12월 파리-사이공 노선의 비행시간 갱신에 나섰다가 정비사 앙드레 프레보와 함께 리비아 사막에 불시착하다. 닷새간 사막을 배회하다가 베두인 상인들에게 발견되어 구출되다.

1936년  알렉산드리아를 거쳐 귀국하다. 8월,《앵크랑시장》의 특파원으로 스페인 내전을 취재하며 인간의 조건과 의미에 대해 고찰하다.

1938년  뉴욕-푼타아레나스(칠레) 노선을 운항하다가 비행기가 추락, 다리에 심각한 중상을 입다. 퇴원 후 프랑스로 귀국해서, 스페인 내전 취재 때 생각했던 것들을《인간의 대지》로 쓰기 시작하다.

1939년  파리로 돌아와《인간의 대지》를 출간하다. 이 책으로 5월 두 번째 레지옹 도뇌르 훈장을 받고, 6월에 아카데미 프랑세즈의 소설 분야 그랑프리를 수상하다. 제2차 세계대전이 터지자 공군 대위로 툴루즈 몽트랑의 기술교육대에 소집되다. 비행사 지원에서는 신체검사에 불합격되었으나, 기어이 33비행정찰대에 배속되다.

1940년  각종 작전에 참여하다가 아라스 상공 비행 중 독일에게 비행기가 총격당하며 간신히 귀국하다. 이 순간을 바탕으로 이듬해《전투 조종사》를 집필하다.

**1942년** 《전투 조종사》가 미국에서 《아라스로의 비행》이라는 제목으로 번역, 출간되다. 프랑스에서도 출간되었으나, 이듬해 점령국 독일에 의해 판매가 금지되다.

**1943년** 4월 뉴욕의 레이날 앤드 히치콕 출판사에서 《어린 왕자》를 영역본과 프랑스어본으로 동시 출간하다. 5월 전쟁이 재개되자 3주간 배를 타고 대서양을 건너서 모로코 우지다에 있는 미군지휘하 비행편대에 들어가다. 하지만 영어를 못하고, 고도 입력 오류 등의 치명적인 실수를 연발, 7월에 론강 상공 정찰비행 후의 착륙 사고로 해고되었으나, 끈질기게 청원한 끝에 '5회만 비행한다'는 조건으로 33비행정찰대에 재배속되다.

**1944년** 7월 31일 오전 8시 25분에 총 6시간의 연료를 채우고 비무장으로 단독비행에 나서다. 이미 5회를 훌쩍 넘긴 8번째 비행으로, 보름 후에 있을 프로방스 상륙 작전에 쓰일 지역 상세 지도 제작을 위한 것이었는데, 오후 2시 30분 교신이 끊기며 실종되다. 목격자들은 코르시카 수도에서 100km 떨어진 프랑스 남부 해안에서 독일 전투기에 의해 격추되었다고 증언하다.

**1945년** 7월 31일 스트라스부르에서 추도식이 거행되다.

**1946년** 프랑스 갈리마르 출판사에서 《어린 왕자》를 출간하다.

**1948년** 국가에서 그의 죽음을 '프랑스를 위한 죽음'으로 인정하다.

# 어린 왕자

**초판 1쇄 인쇄** 2024년 11월 11일
**초판 1쇄 발행** 2024년 11월 18일

**지은이** 앙투안 드 생텍쥐페리
**옮긴이** 이민정
**펴낸이** 이효원
**편집인** 음정미
**마케팅** 추미경
**디자인** 이용석(표지), 이수정(본문)
**펴낸곳** 올리버
**출판등록** 제395-2022-000125호
**주소** 경기도 고양시 덕양구 삼송로 222, 101동 305호(삼송동, 현대헤리엇)
**전화** 070-8279-7311     **팩스** 02-6008-0834
**전자우편** tcbook@naver.com

ISBN 979-11-94381-06-8 03860

# 올리버 세계교양전집 목록